피아니스트 김예지

연주회에서1

?

연주회에서2

화보 촬영1

그녀들에겐
뭔가 특별한
비밀이 있다

VOGUE
www.vogue.com

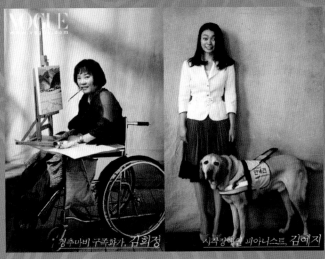

VOGUE

척추마비 구족화가, 김희정

시각장애인 피아니스트, 김예지

화보 촬영2

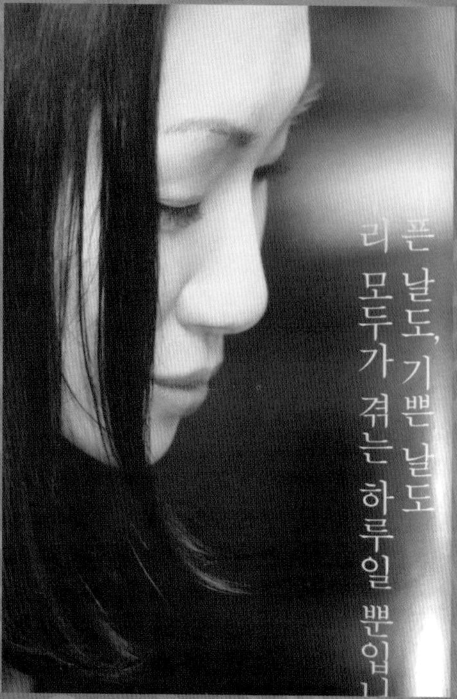
픈 날도, 기쁜 날도
리 모두가 겪는 하루일 뿐입

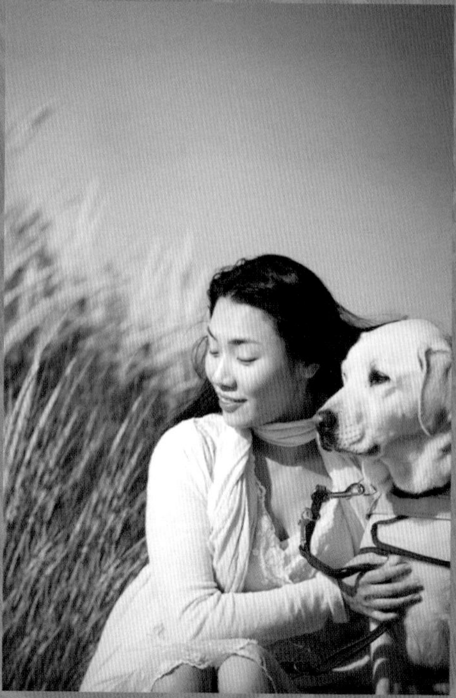

화보 촬영3

포스터 모델

세상에서 가장 아름다운 동행

Happy Forever 삼성화재 SAMSUNG

광고 영상

시각장애인 피아니스트와 나무 인문학자의
아주 특별한 나무 체험

슈베르트와 나무

고규홍 지음

"서른여섯, 나는 처음 나무를 보았습니다."

Humanist

시각장애인 피아니스트와 나무 인문학자의 아주 특별한 나무 체험 도서
<슈베르트와 나무> 책표지

?

누구 시리즈 **⑤**

피아노 앞에서 아름다운 피아니스트 김예지 — **누구 시리즈 5**
김예지 지음

초판1쇄 발행 2017년 12월 19일

지은이   김예지
펴낸이   방귀희
펴낸곳   도서출판 솟대
등 록   1991년 4월 29일
주 소   서울시 금천구 서부샛길 606, 대성지식산업센터 b동 2506-2호
전 화   02)861-8848
팩 스   02)861-8849
홈주소   www.emiji.net
이메일   klah1990@daum.net

제작 · 판매 연인M&B 02)455-3987

값 10,000원

ISBN 978-89-85863-64-3 03810

주최 사 ▮ 한국장애예술인협회

후원 🏛 문화체육관광부    한국장애인문화예술원
Korea Disability Arts & Culture Center

국립중앙도서관 출판시도서목록(CIP)

이 도서의 국립중앙도서관 출판예정도서목록(CIP)은 서지정보유통지원시스템 홈페이지
(http://seoji.nl.go.kr)와 국가자료공동목록시스템(http://www.nl.go.kr/kolisnet)에서
이용하실 수 있습니다.
                                      CIP제어번호 : CIP2017030908

5

누구 시리즈

피아노 앞에서 아름다운
피아니스트 김예지

김예지 지음

시각장애 피아니스트가
계절처럼 만나 숨결처럼 사랑한 음악 이야기

도서출판
솟대

나는 행복한 피아니스트

저는 피아노 앞에 앉아서 연주를 할 때도 행복하지만 제가 연구한 분야에 성과가 나타날 때도 정말 행복합니다.

제가 시각장애인 당사자 피아니스트로 관심을 갖고 연구하여 박사 논문으로 발표하였고, 그 이론을 바탕으로 프로젝트를 통해 세계 최초로 3D Tactile Stave Notation(3D촉각악보)을 발명하여 미국 AP통신과 Euro News를 통해 유럽 각국에 알려지고 그 혁신적인 가치를 인정받았습니다. 관련하여 2015년 6월에는 영국 국제컨퍼런스의 발표자로 선정되어 논문 발표를 하면서 음악뿐 아니라 학자로서도 활발히 연구를 진행하고 있습니다.

독주회 및 여러 단체와의 협연, 초청연주 등으로 늘 체력의 한계를 느끼면서도 '덕영트리오', '하트 시각장애인 체임버 오케스트라' 단원으로 정기연주회를 통해 얻은 수익을 불우 아동 및 장애 아동의 음악 교육을 위해 기부하면서 제가 음악을 통해 할 수 있는 일들이 많다는 생각이 들었습니다. 그래서 유니온앙상블 음악감독으로 활동하면서 더불어, 함께 즐거운 예술 활동을 갖가지로 모색하고 있습니다.

EBS 다큐프라임 '슈베르트와 나무'에 출연하여 시각장애인이 나무를 인식하는 모습을 통해서 장애 인식 개선과 타인을 이해하는 인문학적 사고가 필요하다는 것을 말씀드렸습니다. 삼성화재 공익광고 모델로 나섰던 것은 시각장애인 안내견이 거리를 자유롭게 다닐 수 있기를 바라는 마음에서였습니다.

저는 노력하는 사람에게 기회가 열리는 사회가 되면 장애인 문제는 해결된다고 믿고 있습니다.

2017년 겨울
피아니스트 김예지

차례

오, 아름다운!

...

나는 아름다운 것을 좋아한다. 화려한 푸른빛으로 한껏 멋을 낸 가을 하늘은 견줄 수 없을 만큼 아름답다. 또, 나를 키워 준 할머니의 두툼하고 거친 손에 담긴 아름다움의 무게를 가늠할 수도 있다. 너그럽게 웃을 줄 아는, 사람 좋은 지인들의 웃음이 저마다의 삶의 무게와 상관없이 아름답고 곱다. 나는 모든 아름다운 것들을 좋아하고 사랑한다.

나는 예쁜 옷이 좋고 또각또각 구두 소리에 들뜨고 설렌다. 어릴 적 멋쟁이 엄마의 손을 잡고 따라나섰을 때에는 엄마의 성격만큼이나 분명하고 명쾌한 구두 소리가 참 아름답게 느껴졌고 어른이 된 지금은 내 걸음이 내는 소리에 스스로 반하기 일쑤다. 천천히, 또 빠르게, 걸음을 달리할 때마다 달라지는 소리는 어쩜 그리 내 마음을 닮았는지 가끔은 내 기분을 구두 소리 덕분에 알아채기도 한다.

마치 피아노 건반을 튕기듯 수다스런 비라도 내리는 날이면 온통 아름다움 천지다. 그런 날에는 더욱 피아노를 치고 싶은데 피아노 소리

연주회에서도 안내견과 함께

도 자기 목소리를 한껏 더 다듬어 내는 것 같다. 초록 잎도 소르르 일어나 노래하고 회색빛 건물들이 조용히 그것을 지켜보는 가운데 피아노 연주는 꽃과 나무, 비, 높다란 아파트가 고개 숙여 듣고 기울이는 그 공간을 서서히 채워 간다. 이런 날에는 엘가의 '사랑의 인사'가 꼭 맞춤이다.

어릴 적 사락거리는 원피스 소매 끝의 스침이나 목둘레를 동그랗게 감싼 물결무늬 레이스의 얌전한 웃음소리가 언제나 즐거웠다. 때맞춰 부드럽게 간지럼 피는 내 긴 머리칼의 장난은 또 얼마나 귀여운지, 매일 잠을 잘 때도 예쁜 원피스를 입고 머리에는 리본 끈을 묶고 싶었다.

나는 초등학교 입학 전부터 공주 머리띠와 망사 가득한 원피스 드레스 입기를 좋아했고 옷차림에 걸맞게 또각 소리를 내는 뾰족구두 신기도 좋아했다. 큼지막한 분홍 리본이 발등에서 빛날 때에는 하루 종일 걸어도 지치지 않았고 공주가 된 것 마냥 몸과 마음이 가볍고 즐거웠다.

항아리처럼 폭 퍼진 치마폭은 어떠한가. 제자리서 한 바퀴 뱅그르르 돌면 치마는 동그랗게 원을 그리며 방긋 부풀어 오른다. 어떤 것은 접시처럼 활짝 피어나기도 하는데 그때는 꼭 내가 호두까기 인형 공연에서 보았던 발레리나 같아서 또 얼마나 우쭐했던지. 나도 모르게 '호호호' 새나오는 웃음을 멈출 수 없었다.

햇빛이 반짝이는 날, 그러니까 하늘을 보면 쨍 하고 벌처럼 쏘아 대는 햇살에 고개를 숙여야 하는 날이면 가끔 찾아 주는 '살짝이바람'

―이건 그냥 내가 바람에 붙여 준 이름이다―을 따라서 하늘거리는 분홍 치맛자락의 나풀거림은 너무나 사랑스럽다. 마치 속닥이는 봄바람의 유혹에 집을 뛰쳐나온 민들레씨처럼 조그만 움직임에도 까르르 몸을 떤다. 분홍빛 드레스 자락이 사뿐사뿐 구두코를 보여 줄 때면 나는 마치 나비가 된 듯 살랑살랑 바람을 놀리며 걸었다.

어린 시절, 분홍 드레스 입기를 좋아했던 나는 점점 자라면서 좀 더 다채로운 아름다움의 스펙트럼을 향유한 것 같다. 중고등학교 시절에는 분홍빛에 큼지막한 리본이 달린 드레스는 아니었지만 단정하고도 깔끔한 원피스 차림과 거기에 어울리는 머리핀과 머리끈으로 늘 치장을 했다.

할머니가 매일 아침 정갈하게 머리를 빗겨 주시고 쫀쫀하게 양갈래 머리를 땋아 주셨는데 그때마다 나는 좋아했던 동화 속 주인공 '빨간 머리 앤'이 된 듯 착각에 빠졌었다. 나는 앤처럼 콧노래를 흥얼거리고 웃음소리도 '호호' 흉내내면서 호들갑스럽게 할머니 곁을 맴맴 돌았다. 내가 좋아하는 동화 속 앤은 매일 곱게 머리를 땋고 팔랑거리듯 뛰어다니며 창문 밖 '눈의 여왕'에게 들떠서 인사를 하지 않는가. 특히 앤이 매튜 아저씨와 마릴라 아주머니 댁 큰 벚꽃나무를 눈의 여왕이라고 이름 지어 준 것은 정말 멋진데, 내가 앤을 좋아하는 큰 이유들 중 하나다. 앤은 상대의 가장 아름다운 모습을 찾아내기 좋아하고, 또 그것을 너무도 잘한다. 아마도 앤이 정말 내 곁에 있었다면 틀림없이 앤은 나의 아름다움을 단박에 알아낼 수 있을 거다. 아름다움을 발견해 주는 일이야말로 얼마나 아름다운 일인가!

할머니는 매일 아침 내가 입고 갈 옷을 챙겨서 침대 위에 놓으셨다. 일명 '오늘의 옷' 세트이다. 할머니는 늘 내 옷을 챙겨 주시고 큰 목소리로 예쁘다면서 좋아하는 나를 기뻐하셨다. 나는 할머니의 수고와 사랑으로 늘 하루를 설레며 시작할 수 있었다. 할머니가 준비해 주신 옷을 입고 그다음 할 일은 머리 모양이다. 이 옷에는 어떤 머리 모양을 하고 어떤 핀을 꽂아야 하는지, 어떤 색깔의 리본이 어울릴지 등은 늘 등교를 앞두고 갖는 설렘이고 약간은 기분 좋은 스트레스였던 것 같다.

　　어른이 된 나는 지금도 예쁜 옷 입기를 좋아한다. 볼 수는 없지만 정성껏 화장까지 마친 내 얼굴은 정말 아름다울 거라고 믿고 싶다. 허리를 꼿꼿하게 세우고 정면을 응시하며 찬미와 함께 걷노라면 나는 세상을 더 크게 느낄 수 있다. 가끔은 아랫배에 힘도 들어가서 발걸음은 더 가벼워지는데 그럴 때면 오늘 하루에 대한 호기심과 기대감으로 가슴 벅차다.

　　나는 봄과 가을에 화려한 스카프 두르기를 좋아한다. 제법 굽이 있는 구두를 신고 또각또각 걷는 것을 좋아하는데, 특히 빗길에는 그 소리가 더욱 선명해서 내 숨소리까지도 그것을 흉내내는 것 같다.

　　나는 곱게 화장하기를 좋아하고―엄마가 내 전담 미용사이고 스타일리스트이다― 콧날을 살짝 들고 45도 각도로 살짝 얼굴을 돌리고서 활짝 웃으며 사진 찍기를 좋아한다. 이때 이마도 환하게 드러나야만 계란형 얼굴이 더 예쁘게 나온다. 나는 봉긋하게 솟은 채 모양이 흐트러지지 않은 스커트나 넓은 폭을 자랑하는 주름스커트 입기를 좋아한다. 그런 스커트를 입은 날이면 마치 베르사이유 궁전을 산책하는 황녀가 된 것 같은 기분을 즐긴다.

어쩌다 걸음이 절제되는 폭 좁은 스커트를 입는 날이면 치마폭처럼 허리도 꼿꼿하게 긴장시켜 세우고 걸음 또한 씩씩해진다. 폭이 좁은 스커트를 입는 날이면 레이스가 달리거나 수줍게 봉긋한 퍼프소매 보다는 단추로 앞섶과 소매가 정돈된, 그리고 허리가 잘록하게 들어가서 흐트러짐 없는 블라우스가 좋다. 이런 옷차림은 개강 후 첫 강의에 자주 하는데 한 학기 동안 성실한 강의를 결심하는 나의 의지를 확인하는 동시에 학생들에게도 진지하게 강의 계획과 대강의 내용을 전달하는 데에도 도움을 준다. 그러니까 나는 전장에 나서는 장수처럼 옷차림을 통해서 선생의 역할을 상기하는 것이다. 학생들을 만난다는 기분 좋은 긴장은 이미 발가락까지 전해져서 구두 속에서 움찔댄다.

그러나 내가 가장 아름다울 때는 역시 피아노 연주를 할 때이다. 오랜 시간 준비해 온 곡을 많은 사람들과 함께 감상하는 시간은 상상만으로도 흥분되는 일이다. 연주회 준비가 힘들고 고통스럽지만 나와 함께 흠뻑 연주에 빠져 버릴 관객들을 생각하다 보면 그날 경험하게 될 감사와 감동의 절정을 상상하게 되고 순간 진저리를 느낀다. 그런 상상의 끝에 다다를 즈음에는 연습 시간이 지겹고 고통스러운 것도 이겨 낼 수 있게 되고 후딱 이 시간이 지나가기를 조바심하는 나를 달랠 수 있게 된다.

음악은 포용과 화합의 지경을 창조하는 힘

...

    관객과의 최고의 호흡, 일체감 등은 연주자에게 극도의 흥분을 선물한다. 연주의 감동은 비단 연주자의 것만은 아니기 때문이다. 연주하는 곡에 대한 연주자의 감상과 해석이 관객들과 공유되었을 때에, 또 관객들이 저마다 나름의 감동이 있었다는 것을 연주자가 느꼈을 때에 짜릿하다. 연주자도 관객들도 음악에 몰입할 수 있고 감동을 나눌 수 있게 된다.

    감동이 주는 아름다움은 형형색색의 빛깔에 비유할 수 있을 것 같다. 도대체 한 가지 색을 분별해 낼 수 없는 황홀경은 그 자체로 하나의 색이 되고 곧장 아름다움으로 명명되고 호명된다. 어우러짐의 아름다움은 연주에서 관객과 연주자를 하나로 묶고 감동을 준다. 폭발하듯 감성이 솟구치고 눈물과 환희가 교차하는 순간이 도래하면 사람들은 자신의 감정을 담아 박수와 환호를 보낸다. 그것은 연주자에게 하는 것 같지만 자신에게, 서로에게 보내는 신호 같은 것으로 함께 있는 공간 속 모든 사람들의 것이 된다.

나는 이렇게 연주를 매개로 알지 못했던 사람들이 공감하고 소통하는 감동에 전율한다. 음악이라는 끈으로 감성을 공유할 수 있다는 놀라운 경험과 기회를 사랑하지 않을 수 없다. 서로에 대한 냉정한 평가와 충고의 눈빛을 거두고 이해와 인정의 열린 마음이 가득한 순간은 얼마나 아름다운가. 이것이야말로 우리가 음악을 사랑하는 까닭일 것이다. 음악은 모든 것을 감싸 안는 바다만큼 큰 보자기가 아닌가!

나는 연주를 하면서 궁극에 닿아 얻을 아름다움의 지경을 좇는다. 그것은 즐거움이기도 하고 때로는 장엄하고도 심각한 존재의 고민이기도 하며 쓸쓸하고 무거운 절망이기도 하다. 연주할 때의 느낌과 상상되는 이미지는 매번 새롭게 나를 자극하고 나는 그것에 예민하게 반응한다. 그것은 곡에 대한 해석과 함께 세세하게 부연되는 감정들이고 나의 감정의 변화와 관객들과의 호흡이 영향을 준 달뜬 덩어리이다.

내 소중한 사람들과 그들과 만들어 낸 참 좋은 기억과 감정들은 그래서 다채로운 아름다움을 만든다.

대다수 평론가들은 내가 음악에 대한 분명한 의지와 단호함을 가지고 있다고 한다. 확고한 나만의 해석과 이해가 풍성한 감상을 만들어 낸다고도 한다.

나는 음악의 풍요로움을 사모한다. 바다와 같은 넓은 폭으로 사람들을 위로하고 격려하고 포용하고 감싸는 너그러움에 감동한다. 나는 그것을 닮고 싶어서 음악을 하는 것 같다. 누구 하나 같다고 하지 않고 한 사람 한 사람에게 애정을 담아 다가가고, 이야기 하고, 말하려고 하는 지치지 않는 수고와 노력에 감동한다. 마침내 서로 손을 잡고

어린 시절 "다 보여요"

또래 친구들과(가운데)

공유하는 감상이야말로 얼마나 아름다운가!

조금의 질투와 시기 없이 서로를 위로하고 격려하고 칭찬하고 인정하는 음악은 가늠할 수 없는 깊이를 가지고 있다. 얼마나 경이로운가!

음악은 절정의, 궁극의, 아름다움인 것이다.

참, 어렵고 대단한 아이가 태어났어요

...

1980년 겨울, 우리나라는 몰라도 서울에서는 내로라할 만큼 참 말 안 듣고 고집 센 여자 아기가 태어났다. 동의하기는 어렵지만 그 아기는 나다. 어머니의 말씀으로 증언된 내용이라서 쉽게 동의하기는 어려운데 어른이 된 지금의 성격을 찬찬히 살펴보노라면 절대적으로 거부하기도 어렵다.

난 분명하고 정직한 말과 행동을 좋아하고 어디서든 내 생각과 감정을 표현하는 데에 적극적이며, 특정 부분에 대해서는 적당한 양보와 타협을 선택하지 않기 때문이다. 그런데 이런 성격은 어머니를 쏙 빼닮은 것도 사실이다. 어머니는 매사에 분명하고, 정말 '나를 낳아 준 생모일까?' 의심스러울 만큼 쌀쌀맞을 때가 있기 때문이다. 어머니는 자신처럼 강한 나를 키우는 것이 쉽지 않았을 거다. 자신을 닮은 또 다른 자신과의 겨루기가 왕왕 있었을 테니 말이다.

어머니는 나의 갓난아기 때와 대여섯 살 즈음의 유아 시절을 거쳐 초등학교 입학 즈음을 다른 사람들에게 말씀하실 때에는 늘 목소리가 빠를 뿐더러 음계 '라' 즈음에 걸쳐 있었다. 침 삼킬 쉼도 없이 이어지는 나의 굉장한 '이력'은 듣는 이 모두들 금세 엄마에게 흠뻑 빠져들게 했다. 아주머니들은 간간이 이어지는 탄성과 작지 않은 크기의 웃음으로 엄마에게 확실한 피드백을 주었다.

"예지 낳고 초유 먹이려는데 아 글쎄, 먹기도 전부터 입을 오므리고 용 쓰더라니까요."
"정말요?"
"그럼그럼, '쌕쌕' 소리내며 어찌나 야무지게 먹던지 누가 보면 낳아놓고 굶긴 줄 알겠더라고."
"하하하, 지금 이미지와는 완전 다른데요."
"아휴, 젖 뗄 때도 얼마나 고생했는지 몰라. 빨간약 바르고 '엄마 아야!' 했더니만 글쎄, 수건 들고 와서는 닦고 먹더라고, 암튼 지독했어."

엄마의 목소리가 리듬을 타기 시작했다. 이런 이야기라면 난 아무 대응도 할 수가 없다. 듣고 있으면서 살짝 미안하고 부끄러워하는 웃음으로 넘어갈 수밖에. 특히 어머니의 이야기를 들으면서 대부분의 사람들이 지금의 내 이미지와 어울리지 않는다는 말을 하는데, 그 말이야말로 기억도 안 나던 때, 젖먹이 김예지 '먹방 스토리'의 지속적 흥행을 부채질했다.

나는 자라면서도 고집 세고 '참' 말 안 듣던 아이였단다. 한 번에 엄마의 말(대부분은 가르침과 나무람이었을지도)에 수긍하거나, 하지 말라는 일을 그만두는 일도 없었고 왜 그렇게 질문은 많았는지 "왜?", "왜요?"를 입에 달고 살았단다. 대답에 지친 엄마와 할머니가 "너 이제 왜라고 하지 마."라고 할 때에도 텔레비전에서 보았던 것처럼 정말 똑같이 또 "왜?"라고 묻는 일이 다반사였다고 하니 엄마와 할머니가 힘드시기는 했을 것 같다.

그런데 내 기억이 비교적 선명할 즈음, 그러니까 예닐곱 살 때를 기억하면 정말 나란 아이는 키우기 어려웠을 것 같다는 생각이다. 꼬박꼬박 어른들의 잘못을 지적한다거나 내가 옳다고 생각하는 것은 끝까지 주장하고, 아니 우겨 댔으니 적잖이 갈등도 많았을 것이고 그때마다 엄마와 할머니는 매우 힘드셨을 거다. 물론 할머니는 거의 내 편이 되어서 이야기를 들어주셨지만 엄마는 매번 나의 주장을, 내 생각의 오류와 한계를 지적하셨던 것 같다.

한 번은 동네 놀이터에서 놀 때였다. 지금 생각해 보면 오뉴월 즈음인 것 같은데 놀이터 둘레로 영산홍이 곱게 무리지어 피었다. 분홍빛의 꽃무더기가 얼마나 화려하고 예뻤던지 나는 그네를 타면서도 분홍 꽃이 춤추는 모습을 하냥 지켜보았다.

신나게 놀이기구를 타고 놀다가 친구들 몇 명과 영산홍 잎을 따서 모래 위에 얹고 생일 케이크를 만들며 놀고 있을 때였다. 유모차를 끌고 나온 아주머니가 꽃무더기 옆에 유모차를 세우고 아기 사진을 찍어주면서 연실 아기와 이야기를 주고받고 있었다.

"아람아, 예쁜 곳이지? 와~ 주홍색 예쁜 꽃이구나."

"아줌마!"

"어, 왜 그러니?"

"그거 주홍 아닌데요, 분홍인데요."

"어! 아닌데… 주홍인데. 영산홍이잖아, 주홍색이야 애기야."

"아닌데요, 애기 아닌데요!, 그리고 분홍인데요!"

"……."

"분홍색이잖아요, 잘 봐 보세요."

"응……, 그렇구나. 분홍빛으로도 보인다, 햇빛이 비추니 환하게 분홍이네……."

"네."

　아기를 데리고 나온 아주머니는 쓴웃음을 지으며 돌아갔고 나는 다시 소꿉장난에 열중했다. 생각하면 픽 웃음이 나지만 나는 생각을 말하고 감정을 표현하는 데에 대단히 적극적이고 활발했던 것 같다. 그래서 내게 일어나는 변화에 대해서도 비교적 자세하게 표현할 수 있었다. 생각해 보면 감정과 표현에 적극적이다 보니 내가 해야 할 지금의 일을 분명하게 알 수 있었고 다음 일도 열심히 준비할 수 있었는지도 모르겠다.

예지야, 네 눈에 별이 담겼어

...

나는 태어날 때부터 앞이 보이지 않았던 것은 아니다. 보였던 마지막 기억은 보려는 대상이 작은 원 안에 갇혀 있었던 것이다. 원이 컸을 때는 가끔 그 원 안에 보려고 했던 사람이나 사물이 다 들어가 있었다. 주변이 새카맣고 동그란 원 안에서만 볼 수 있었지만 보려는 것이 무엇인지는 분명했다. 그런데 곧 그 원이 점점 작아져서 보고 싶은 대상의 전체를 담아내지 못했고 한 부분만 볼 수 있게 됐다. 주변이 검은색인 동그랗고 밝은 원 안에 엄마 얼굴이 쏙 들어오더니 그것이 뿌옇게 흐려지다가는 엄마의 눈, 코, 입이 선을 잃고 뭉개지고 결국에는 그냥 얼굴이라는 것을 짐작할 수밖에 없는 지경에 이르렀다.

나는 여러 병원을 들러 검사를 하고 병원 수보다 더 많은 의사 선생님을 만나서 진료를 했던 것 같다. 어떤 선생님은 치료를 하면 볼 수 있다고 했고 어떤 선생님은 볼 수 없게 될 거라고 했다. 선생님들의 진단이 조금씩 달라서였는지 엄마는 내 손을 잡고 소독약 냄새 가득한 병원의 여러 진료실과 검사실을 찾았다. 진료실과 검사실 앞 의자에 앉아 있을 때면 엄마는 늘 침묵했고 가끔 내 손을 꽉 잡아 "괜찮아."라며 활짝 웃었다. 나는 엄마의 쌍꺼풀 진 큰 눈이 참 예쁘다고 생각해서 엄마가 나를 보고 웃을 때는 기분이 참 좋았다. 나도 엄마처럼 괜찮다고 생각했고 엄마의 동그란 눈동자와 깨끗하고 촉촉한 눈망울이 참 착해서 어쩌면 내게 나쁜 일이 생길지도 모른다는 두려움 따위는 아예 없었다.

"예지야, 괜찮아."

"응, 엄마. 괜찮아."

"예지야, 네 눈이 안 보일 수도 있어."

"……."

"……좀 불편해지는 거지."

"응, 깜깜한 거지? 그러면……."

"예지야."

"응."

"네 눈에 별이 가득해져서 그래, 별이 가득하니까 눈이 부셔서 못 보게 된 거야. 그런데 사람들은 네 눈의 별을 보고 싶어할 거야. 네가 웃으면 네 눈의 별이 더 반짝반짝 빛나니까. 엄마도 할머니도 친구들도 네 눈의 별을 보면 더 신나고 기쁠 거야……."

"……응, 엄마."

엄마는 더 이상 병원을 찾지 않으셨다. 나는 어렵고, 쪼금은 아프기도 한 검사를 중단했다. 엄마는 내 방 안에 있는 물건들이 어디에 있는지를 알아 두라고 했고 화장실과 거실, 부엌 냉장고의 위치와 바깥을 나가려면 현관문을 열고 몇 계단을 내려가야 하는지를 몇 번이고 함께 걸으며 외우게 했다. 엄마는 몸이 기억하는 것은 절대 잊지 않는다고 하시며 하루에도 내 손을 잡고 수차례 반복하셨다.

그리고 점자를 배우기 시작했다. 오히려 잘 안 보이는 글씨를 애써 보려고 노력하는 것보다 훨씬 빠르게 글 내용을 이해할 수 있어서 좋았다. 나는 제대로 보려는 노력을 접고 아예 안 보기 시작했다. 점자를 통해서 편하게 글을 읽을 수 있는데 굳이 왜 눈으로만 보려고 하는가 생각도 했다. 그러나 지금 생각해 보면 어린 마음에 안 보며 살고자 노력했던 것도 같다. 현실을 받아들여야 했으니까 생각을 바꾸려고 노력하는 것 말이다. 하지만 지금 생각해도 후회는 없다. 어차피 안 좋아지는 과정에서 나는 길을 잃고 울고 있었던 것은 아니니까. 이 길이 막혀 있다면 다른 길을 찾으면 되는 것이지 막힌 길 앞에서 주저앉아 울고 있는 것이야말로 걱정스러운 일이 아닌가.

나는 엄마와 함께 걸으며 방과 주요한 몇 개의 물건이 있는 위치를 익히는 것뿐만 아니라 또 다른 한 가지를 기억하기로 결심했다. 그것은 그동안 스케치북에 참 많이도 그렸던 예쁜 내 얼굴과 엄마, 할머니의 얼굴이었다. 그때그때의 감정에 따라서 낯빛도 다르고 표정도 제각각이었다. 활짝 웃는 모습은 동그란 엄마의 눈이 반으로 접혀 있었고, 내 유치원 졸업식에서 찍은 사진 속 할머니는 빨갛고 파란 비단 한복

마냥 즐거운 시절

기타를 좋아해

치마를 한 손으로 감고 섰는데 빛에 따라서 제각각 예쁜 빛을 만들어 내고 있었다.

　살구색 원피스를 입고 목련 옆에 서서 혀를 살짝 내밀고 웃으며 찍은 내 얼굴은 살구빛도 있고 목련꽃도 닮아서 원피스와 목련과 내가 하나가 된 듯 보였다. 나는 오랫동안 앨범을 들여다보면서 할머니의 얼굴과 엄마의 웃음, 귀엽게 혀를 내민 내 모습을 머릿속에 꼭꼭 저장해 두었다. 그리고 곱게 칠한 엄마 블라우스와 할머니의 꽃치마, 내 예쁜 원피스의 색깔을 알아맞추면서 내가 자주 사용한, 곱고 예쁜 크레파스 색깔을 외우고 또 외웠다. 초등학교도 입학하기 전인데 나는 성격처럼 야무지게 보지 못할 때를 준비하고 있었던 것 같다. 분명 준비하고 있었던 것이 맞다. 나는 그때 그렇게 슬프지도, 무섭지도 않았으니 말이다.

그래, 할 수 있는 일을 하면 돼!

...

   더 이상의 검사와 치료를 중단하고 나는 언제 다가올지 모를 '어둠' 속 세상을 대비하는 준비를 성실하게 실천하고 있었다. 엄마는 가까운 미래에 내 눈과 '보이는 일'에 대한 변화를 자세하게 이야기해 주셨다. 그런 이야기를 해 줄 때 엄마의 목소리는 언제나 침착했고 심각하지 않았다. 나 또한 엄마의 말을 힘들게 받아들이거나 심각하게 생각하지 않았다. 엄마의 말은 비가 오면 창문을 닫고 비가 오는 아침이면 장화를 신어야 하는 것처럼 자연스럽고 당연한 일로 생각되었다. 그래서 나는 가볍고 편안하게, 그리고 쉽게 엄마의 이야기를 들을 수 있었다.

   나는 결국 초등학교 3학년 즈음 앞이 보이지 않게 되었다. 정확하게는 빛과 어둠을 구별할 수 있는 정도였을 뿐 대상을 구체적으로 인식할 수는 없었다. 재미있는 것은 밝음과 어둠을 구분할 수 있었기 때문에 학교에 가야 하는 아침이면 일어나라 재촉하는 햇살에 투정을 부릴 수 있었다는 점이다. 나는 엄마와 할머니가 내 방 문을 두드리기도 전에 이불 속에서 '끙끙' 소리를 내며 깍쟁이처럼 일찍도 달려온 아침과 겨루고 있었다.

　더 이상의 병원 진단이 큰 의미가 없다고 결정하고서 나는 점자를 공부하기 시작했다. 그때 이미 나는 한글 공부를 마쳤기 때문에 새롭게 점자를 공부하는 것이 조금 혼란스러웠던 것 같다. 초성, 중성, 종성이 합쳐져 글자가 되고 약자도 배워야 해서 조금 어려웠지만 그때 해야 하고 할 수 있었던 것은 점자를 익히는 것이었다. 그래야만 학교 입학 후에 공부도 할 수 있고 책도 읽을 수 있기 때문이다. 또, 그때 즈음 시작한 일기를 쓰기 시작했는데 점자를 알지 못한다면 기록할 수 없는 그리하여 기억할 수 없는 추억을 놓쳐 버리는 것이라서 난 열심히 배우고 익혔다.

　초등학교 입학하면서 내게 또 하나의 큰 즐거움이 생겼다. 그것은 피아노였다. 나는 어릴 적부터 노래 부르기도 좋아했고 또 다른 연주와 다양한 음악을 즐겨 들었다. 그 덕에 여러 악기도 조금씩 다룰 줄 알았다. 나는 워낙 하고 싶은 것도 많고 궁금한 것도 많았던 꼬마였고, 엄마는 그것을 나무라지 않고 경험할 수 있게 해 주셨기 때문이다. 난 동요 부르기도, 듣기도 좋아했고 할머니가 들으시는 판소리와 가야금의 깊은 울림도 편안하게 느껴졌다. 화려한 듯 진행하는 바이올린 선율도 좋았고 피아노, 바이올린, 첼로 삼중주는 악기의 저마다 개성과 조화가 느껴져서 정돈되고 예절바른 모습이 상상됐다. 나는 동요에서부터 판소리까지, 클래식에서 뉴에이지 음악까지 참 다양한 음악을 향유했던 것 같다.

특히 피아노 연주는 그중 최고였다. 맑고 청아한 건반의 화음을 듣고 있노라면 곧장 음악이 주는 이미지를 상상하게 됐다. 간혹은 내가 그 음악 속을 걷고 있는 것처럼 느껴지기도 했다. 피아노 연주를 듣고 있노라면 나는 숲길을 천천히 걸으며 짙은 초록 냄새를 쿵쿵거리거나 꽃밭 가득 핀 붉고 노란 장미 사이를 나비와 함께 춤추듯 뛰어다니고 있었다. 피아노는 혼자서도 풍요로운 음악의 여러 얼굴을 보여 주었고 바이올린이나 첼로, 비올라와 그 밖의 오케스트라 연주에서는 꼭 필요하고도 중요한 퍼즐 조각 같았다.

난 초등학교 입학 전부터 이미 바이올린과 플루트 등 몇 가지 악기도 조금씩 다룰 줄 알았다. 그것은 순전히 음악을 좋아했기 때문인데 가족 모두 음악을 즐겨 듣던 환경에서 자라고, 또 시력이 나빠지면서 바깥 활동이 점차 줄어들게 되면서 음악을 더 많이 듣게 된 것도 큰 이유가 되었다. 나는 막연하지만 음악과 관련된 일을 하고 싶었고 음악 공부도 더 많이 하고 싶었다. 이런 생각들은 자연스럽게 피아노에 다가가게 했다.

초등학교 1, 2학년 즈음이었을 거다. 나는 본격적으로 피아노 연주자가 되기로 마음먹었다. 슈베르트, 모차르트, 베토벤, 쇼팽 등 아주 많은 음악가가 있고 그들이 만든 수많은 곡이 있는데 나는 그중 몇 곡만 알고 있었을 뿐이고 곡에 대한 가벼운 감상만 하고 있었기 때문에 음악가들이 곡을 만들었을 때 어떤 감정이었고, 어떤 생각들을 했는지 궁금했던 것 같다. 그때 어떤 생각과 마음으로 연주자 되기를 결심했는지 정확히 기억하지는 못하지만 더 많은 곡을 알고 싶고 더 많은

세계 무대 진출

태극기 앞에서

음악가를 만나고 싶었던 바람이 분명했던 것 같다.

그리고 또 하나, 그때는 작고 검은 건반 두 개와 세 개 아래에 흰색 건반이 가득하다는 것 정도는 눈에 보였기 때문에 피아노에 다가가는 일에 좀 자신감이 있었던 것 같다. 검은색과 흰색의 구분이 가능했기 때문이다. 그렇지만 정확하게 내가 뭘 누르는지를 볼 정도는 안 되었다. 내 손가락이 누르는 건반에 초점을 맞출 수 없었기 때문이다. 내 시력은 내 손끝을 일일이 따라갈 만큼 부지런하지 못했던 것 같다. 피아노를 좋아하는 마음을 좇아오지 못할 만큼 말이다.

피아니스트가 되겠다는 내 꿈은 '피아니스트가 아니면 안 돼!'라는 절대적으로 중대한, 변할 수 없이 단호한, 뭐 그런 결심이 앞섰던 건 아니었다. 늘 음악을 듣는 분위기 속에서 자연스럽게 발아한 꿈이라고 하는 것이 적절할 것이다. 음악에 익숙해지고, 음악을 즐기고 좋아하게 되면서 음악과 관련된 일을 하고 싶다는 혼자만의 꿈이 구체적인 모습을 갖춰 간 것이라고 할까.

목소리로 얼굴을 보고 마음까지 알 수 있어요

...

1987년 올림픽 준비로 분주하고 들떴던 해, 나는 국립 '서울맹학교'에 입학했다. 입학식 날은 코끝이 시릴 만큼 아주 추운 날씨였지만 엄마 손을 잡고 학교 가는 길은 따뜻하기만 했다. 나는 그날 참 흥분되고 설레었다. 우선은 많은 친구들을 만날 수 있을 것이고 선생님도 만나게 될 것이란 기대에서였다. 뭐든 새롭게 시작하는 일에 유독 흥분했던 나는 차 안에서부터 내내 종알거렸다.

"아, 난 여자 짝이면 좋겠어요, 남자애들은 너무 까불잖아."
"너도 만만치 않거든."
엄마는 늘 직설적이다. 그럴 때는 꼭 계모 같다. 이쯤에서 지면 내가 아니다.
"남자애들은 말을 하는 것이 아니라 괴물처럼 소리치잖아요."
"너도 대화를 하는 것이 아니라 우길 때도 많아."
"엄마는……, 차… 알았어요, 뭐."

오늘도 졌다.

내 바람대로 목소리가 꼭 솜사탕 맛이 나는 예쁜 여자 친구가 내 짝
이 되었다. 내 짝은 천천히, 조용조용하게 말하고 목소리도 따뜻해서
듣고 있노라면 폭신한 솜사탕을 천천히 녹여 먹는 것 같았다. 사르르
입안에서 녹는 솜사탕은 천천히 달고, 또 그 달콤함이 오랫동안 입안
에 남아서 다른 것을 먹지 않는 한 오랫동안 기분 좋다. 내 짝은 학교
에 있는 내내 좋은 선물을 받은 것 같은 기분 좋은 친구였다.

내 짝 '영은'이는 친구들에게 자기 것을 잘 나눠 줬고 친구들이 걸어
가다 가방을 '툭' 건드려도 화내거나 짜증도 내지 않았다. 물론 나도
그렇게 옹졸한 아이는 아니었다. 그러나 나와 영은이가 가장 크게 다
른 것은 그 친구는 늘 침착하고 어른스럽다는 것이었다. 예를 들어 친
구들이 내 가방을 툭 건드렸을 때 나는 "어머나!", "깜짝이야!" 하고
조금은 호들갑스럽게 도레미파솔라시, 시의 목소리로 말한다면 영은이
는 이런 때도 도레미, 미 정도의 목소리로 말한다. 영은이는 계란이 듬
뿍 든 카스텔라처럼 촉촉하고 부드러운, 참 친절한 친구였다.

영은이와 나는 맹학교 12년 동안 내내 단짝 친구로 지냈다. 우리는
어른이 되어서도 우리 학교에 있는 아주 키 큰 나무처럼 든든하게 서로
를 지켜 주자고 약속했다. 아, 나중에 알고 보니 그 큰 나무는 우리 학
교나무였다. 100년 된 백송이었는데 '백송처럼 곧은 품성을 지니고 항
상 푸른 꿈을 갖고 스스로 장애를 극복하여 편한 자태와 늠름한 모
습으로 살아가도록 한다.'는 의미를 갖고 있단다. 맞다. 영은이는 교

목의 의미를 똑 닮은 참 영리하고 본받을 것이 많은 친구였다.

지금은 너무 시간이 많이 지나서 연락이 되지 않지만 어디서든 곱고 아름답게 살고 있을 거라고 믿는다.

피아노를 만나고 세상을 만나고

...

눈이 점점 나빠지면서 집 안에서 시간을 보내는 일이 잦아졌다. 뭐 이전에도 집에서 음악을 듣고 노래를 부르는 일을 좋아했으니까 시간이 좀 늘어났다고 해서 슬프다거나 한 건 아니다. 솔직히 조금은 아쉬운 것이 있기는 했다. 벚꽃이 활짝 피었을 때나 장미가 붉은 때는 실제로 밖으로 나가 향기도 맡아 보고 머리에도 꽃화관을 쓰고 싶을 때가 있었다. 가시에 찔리더라도 장미향에 흠뻑 취해 보고도 싶었다. 그런데 나는 조금 참아야 했다. 아직 외워 둔 길이 많지 않아서 선뜻 뛰어나가기에는 불안했기 때문이다.

나는 꽃 대궐이 한창일 때는 내가 알고 있는 장미와 벚꽃을 상상하는 것으로 그즈음 활짝 핀 꽃을 즐겼다. 멋진 음악을 배경으로 하고 감상을 하니 어쩌면 더 화려함을 뽐내는 장미를 만날 수 있기도 했다. 이때 딱 어울리는 음악은 쇼팽이다. 선율이 화려하고 섬세한 쇼팽의 곡은 수줍고 여린 마음을 가진 허리잘록한 아가씨가 사뿐사뿐 정원을 걷는 모습을 상상하게 했다.

머릿속으로는 화창한 봄날 담장을 따라 화려하게 피어난 핏빛 장미를 상상한다. 햇빛이 가끔 꽃잎에 내려앉을 때면 새침한 꽃은 가시를 솟아낸다. '나를 만지면 가만 있지 않겠어요.'라며 짐짓 두려운 마음을 속이려는 모습 같아서 그 위태로운 으름장이 꽃빛을 더 아름답게 하는 것 같았다. 금세 손을 뻗어 꽃잎 한 장 떼고 싶은 욕망이 슬슬 일어났다.

무리를 지어 핀 작은 꽃송이들은 또 어떠한가. 이제 막 걸음마를 뗀 아기들처럼 오로로 모여앉아 재잘거린다. 이제 막 세상 빛을 본 아기 꽃들은 궁금한 것도 많아서 할 얘기도 많다. 꽃들은 덤불 아래를 아장아장 걷는 아기의 걸음을 상상하면 된다. 꽃들은 중간시험을 보고 일찍 집으로 돌아가는 중학생 언니들의 시험 점수가 궁금한 것 같았다. 언니들의 환한 웃음이 참 예쁘다면서 칭찬하는 데에 또 한나절 시간을 보내고 있다.

쇼팽의 곡을 들으면서 나는 봄나들이 꽃구경을 마쳤다. 이제 장미가 피고 나면 여름이 시작될 것이다. 6월의 햇빛이 장미마냥 눈부시고 선명한 아름다움을 만들어 낼 때쯤이면 여름 냄새를 맡으러 떠나야지. 초록의 냄새가 짙어지는 즈음에는 나무 냄새가 짙어질 것이다. 바람에 묻어 오는 흙냄새와 잔뜩 물 먹은 나무뿌리 냄새는 초록 나뭇잎에서 나는 신선한 초록 내음을 금세 키우고 있다. 제법 어른이 된 양 꽃과 나무의 키는 아마도 한 뼘은 넘게 쑥 자라 있겠지.

꽃구경이 끝나면 그다음에는 빗소리 감상이다. 빗소리는 정말 다양해서 비 내리는 날이면 매번 다른 소리가 재미있다. 어떤 때는 소곤대듯 목소리도 작게 가만가만 오더니만 또 무슨 샘이 났는지 '와쏴쏴' 쏟아지기도 한다. 무리를 지어 한 차례 '우두두' 쏟아지는 날이면 한 무리의 빗방울들이 소풍 나온 듯 즐겁고 신난다.

함께 모여서 구경나온 아이들처럼 한껏 들뜬 목소리가 내 방 안을 가득 채운다. 더러는 나를 찾아온 것도 같은데 '똑똑똑' 창문을 두드리는 소리는 문 열어 달라 조르는 꼬맹이의 심술 같다. 어느새 내 방 안을 엿보는 녀석들은 창문에 얼굴을 딱 붙이고는 저마다 내 얼굴을 보고 있는 듯하다.

"어, 쟤 좀 봐 웃고 있는데?"
"눈 감고 뭐하고 있는 거야?"
"쳇, 놀러 왔더니 누워만 있네."
"문 좀 열어 봐, 같이 놀자고."

까무룩 빗소리가 멀리서 들려온다. 엄마가 부르는 소리 같기도 하고 누구인지, 옆집 아이가 놀러온 것도 같다. 나가 볼까 하다가 스르르 눈이 감긴다.

나는 클래식 음악뿐만 아니라 모든 음악을 좋아한다. 사랑한다. 음악을 듣고 있노라면 내 마음은 생각을 좇아 선명해지거나 생각을 떠나 평화를 얻는다. 무슨 이야기냐면 어렵고 복잡한 생각을 해야 하거나 현명하게 판단을 해야 할 때에 음악은 나를 아주 지혜롭게 만들어 준다. 성급하게 판단하지 않게 해 주고 차분하고 정돈된 생각을 갖게 해 준다. 음악이 친구이면서도 이럴 때는 꼭 선생님 같다.

예를 들면 이런 일이다. 시험 준비를 할 때는 어쩌면 그렇게 재미있는 프로그램을 많이 하는지, 난 꼭 보고 싶은 것을 골라서 아끼는 마음으로 흘러가는 시간을 아까워하면서 본다. 그렇게 보고 있자면 사실 더 보고 싶은 것은 솔직한 마음이다. 시험은 당장 코앞이지만 예능 프로그램은 어쩌면 그렇게 시험 기간에 맞춰 더 재미있고 웃기는지 가끔은 살짝 얄밉다. 더군다나 채널마다 한 데 몰려 있는 프로그램은 정말 한 편만 보고 텔레비전을 끄기에는 유혹이 크다. 그럴 때마다 베토벤 교향곡을 떠올린다. 큰 바위가 쿵 떨어지고 한 500년쯤 열리지 않았던 비밀의 성문이 웅장한 소리를 내면서 조금씩 열리는 듯한 환상은 곧바로 뭔가 비장한 마음을 갖게 한다.

그 비장함은 즉각 내 마음에 큰 목소리로 단호하게 말하는데 그것은 "그래, 김예지, 그깟 예능 때문에 시험을 망칠 거야?!" 라는 낮고 묵직한 목소리였다. 그래 지금 해야 할 일이 무엇인지 아는 것이 제일 중요하다. 당장의 즐거움을 좇아 중요하고 해야 할 일을 놓쳐 버린다면 참 어리석은 일이다. 아프면 치료해야 하고 문제가 생기면 그것을 해결해야 하는 것처럼 '지금 해야 할일을 하는 것' 은 당연한 일이다. 핑계를 대고, 당장의 즐거움을 좇다 보면 지극하게 바라왔던 내 꿈은 꿈이 아니라 망상이 될 뿐이다. 베토벤의 교향곡을 듣고 있노라면 이렇게 엄중하고 냉정한 생각으로 바로 돌아올 수 있다. 마치 베토벤이 나를 꾸짖는 것처럼 말이다.

내 슬픔을 위로해 주는 것 또한 음악이다. 가끔 나도 우울할 때가 있는데 악보를 점자로 옮기는 일이 더뎌진다거나 매번 그 지난한 과정을 반복해야 할 때가 그렇다. 내가 거의 시력을 잃게 되었을 때 사람들은 내가 피아노 하는 것에 놀랐다. "어머나, 어머나."를 연발하면서 박수를 치고 크게 격려하고 축하해 주는데 그것은 내가 보이지 않기 때문에 더 큰 소리가 되는 것 같다. 사람들은 보이지 않는데 어떻게 음악을 하느냐며 호기심으로 묻고 경탄하지만 나는 그런 반응이 참 어색하고 불편하다. 나는 음악이 좋아서 음악을 하는 것이다. 그 일이 전혀힘들다거나 의지를 발휘해야만 하는 일은 아니다.

정작 힘들고 가끔은 우울한 일은 점자 악보를 구하는 것인데 이때는참 인내심이 필요하다. 그리고 다른 사람들은 한 번에 대형 서점에 가서 골라 사면 그만인 일이 나는 매번 그것을 점자로 옮기거나 하는 과정을 거쳐야 하니 솔직히 힘 빠진다. 이런 일들로 마음이 가볍지 않을때 피아노는 엄마만큼 효과 만점인 위로를 준다.

건반에서 나는 저마다 개성 넘치는 소리는 여럿이 질서 있게, 창조적으로 모여 새로운 소리를 만들어 낸다. 그것이 마음에 스며들어 마음의 움직임을 따라 움직이다가는 스스로 잠잠해질 수 있도록 돕는다.내 마음을 아주 잘 알고 있는 양 소용돌이치다가 엄마의 자장가처럼귓가를 맴맴 돌며 다독여 준다.

그래요, 드디어 대학생이 되었네요

...

나는 2년에 걸쳐 대학 입시를 준비했다. 그러니까 재수를 한 셈이다. 장애인이라고 특별전형을 기대하지도 않았지만 전공의 성격상 장애인이 지원한 일은 없었기 때문에 나 하나를 위해서 특별전형을 만들 수는 없었다. 나는 숙명여자대학교 피아노과에 입학할 수 있었는데 운 좋게도 수석으로 입학하여 엄마에게 조금은 효도한 것 같았다. 학비를 아꼈으니 뭐 좀 다른 것을 사 달라고 할까 생각한 것도 사실이지만 깨끗하게 마음을 접고 이번 기회에 확실하게 엄마에게 생색내기로 했다.

엄마에게 등록금 걱정 말라고 큰소리 쳤더니 '피식' 웃으신다. 표현은 하지 않으셨지만 얼마나 기뻐하고 있는지 알 수 있을 것 같았다. 나는 엄마가 환하게 웃는 얼굴이 참 예쁘고 좋다. '본다.'고 말하고 있지만 사실은 엄마의 목소리에 기쁨과 눈물이 섞여 있을 때의 목소리를 정확하게 알기 때문에 보지 못해도 그때 엄마의 표정을 똑같이 그려 낼 수 있다. 웃는 할머니와 엄마의 고운 얼굴. 두 분이 웃으시니 참 행복하다.

고등학교 3학년 때 입시를 앞두고 육영음악콩쿠르에 참가했다. 〈타란텔라(tarantella)〉를 연주했는데 화려하고 기교적인 연주가 곡의 특징이다. 나는 〈타란텔라〉를 연주하면서 투우장에 선 카르멘을 상상했다. 짙은 화장에 숱 많은 머리칼은 경쾌한 웨이브를 따라 육중하게 살짝 흔들린다. 왼쪽 귀에 꽂은 커다란 꽃송이는 작심한 듯 꼿꼿하다. 층층이 레이스가 나붓대는 새빨간 드레스를 입은 그녀의 얼굴은 결연하게까지 보인다.

이제 그녀는 열정적이나 충분히 절제된 춤을 시작할 것이다. 한 걸음 한 걸음 천천히, 힘차게 걷기 시작한다. 나는 투우장에 선 그녀의 걸음을 생각하면서 똑똑한 음을 하나하나 짚어서 굵고 짧게, 단정한 소리를 만든다. 걸음을 옮기던 그녀는 뛰기 시작한다. 쫓기듯 달리다가 큰 물에 휩쓸려 쓸려 나간다. 성난 물살이 되었다. 점점 격정적으로 달려가는 카르멘의 춤사위를 따라서 피아노 건반 위의 손가락이 눈에 보이지 않게 빨리 달린다. 이제 절정이다. 이제는 무엇을, 누구를 만날 수 있을 것인가 예상하기 어렵다. 손가락은 미지의 세계에 이끌려 건반 위를 헤매다가 제 걸음을 찾기도 하고 목적 없이 사방을 두리번거린다. 흥미롭고 신비롭다.

사실 〈타란텔라〉는 이탈리아를 여행하던 리스트의 경험이 담긴 연주곡이다. 곡 이름이 무서운 독거미 이름이라지만 〈타란텔라〉는 이탈리아 나폴리의 민속 무곡과 그 무용을 말한다. 어원은 이탈리아 남부의 도시 타란토에서 유래한 것이라는 설과 독거미(이탈리아 남부에 서식) 타란텔라에 물리면 이 춤을 추게 된다는 데서 온 것이라는 설도 있다. 1~2

연주회를 마치고 할머니와 함께

명의 여자와 1명의 남자가 추는 것이 일반적으로 무곡은 3박자나 6박자계의 아주 빠른 템포이며 장조와 단조가 서로 교대로 나타나는 것이 특징이다.

〈타란텔라〉는 19세기 중엽 예술음악으로서 자주 작곡되었는데 리스트 이외에도 쇼팽, 베버 등의 작품도 유명하다. 사랑을 고백하는 남녀의 은밀하고 화려한 몸짓은 고혹적이고 뇌쇄적인 눈빛으로 유혹하듯 바라보는 카르멘의 모습을 떠올리게 한다. 화려하고 기교적인 피아노 연주를 하면서 나는 카르멘이 되기도 하고 이탈리아 촌부가 되어서 달뜬 사랑의 감정에 수줍게 흥분하기도 했다.

나는 어릴 적부터 피아노뿐만 아니라 우리나라 전통 관현악 연주, 각 나라의 민속 악기 등 다양한 음악을 좋아했다. 전자바이올린과 전자기타의 강하고 개성 있는 선율도 매력적이다. 초등학교 입학 전에는 동요를, 중고등학교부터는 가요도 좋아했다. 팝송과 가요는 가끔 기분을 가볍게 만들어 주어서 가사를 흥얼거리며 친구들과 유명 가수, 배우의 멋진 모습을 이야기할 때는 우리의 수다를 한껏 부풀게 했다.

음악은 그랬다. 어릴 적부터 공기처럼 나를 에둘러 싸고 있었기 때문에 호흡하듯 익숙했고 자연스러웠다. 직장 일로 바쁜 엄마를 대신하여 가끔은 쓸쓸함을 느끼던 때는 따뜻하게 안아 주었고, 나의 미래를 상상하고 계획하는 중에 답답하고 막막한 생각이 달려들 때에는 위로해 주고는 금세 잠잠한 가운데 답을 찾을 수 있게 응원했다. 힘들고 지칠 때에는 어떻게 내 마음을 알았는지 금세 찾아와 위로한다.

물 흐르듯, 계절이 바뀌듯 그렇게 피아니스트가 되겠다는 내 꿈도 자연스러웠고 시간이 쌓이면서 단단해지고 성숙해졌다. 대학 후 같은 해 8월에 매헌콩쿠르에서 전체 대상 및 교육인적자원부 장관상을 수상한 일은 내가 피아노에 재능이 있음을 스스로 인식할 수 있게 해 주었다. 수상하기 위해서 열심히 연습한 것은 아니었고 평소 즐겁게 하던 연주의 연장이었을 뿐인데 운 좋게도 수상의 영광이 있었다. 전문가들이 내 재능을 인정해 준 것 같아서 좋았고 나의 곡 해석에 동의해 주어서 기뻤다.

　내가 느끼고 이해하는 슈베르트 변주곡과 쇼팽의 음악은 어쩌면 그들이 작곡했을 때의 의도를 어느 정도 정확하게 이해하는 것이라고 생각했다. 이미 알려진 대로 슈베르트 곡 〈Piano Sonata in A Major, D. 664, Op. 120 (1819)〉는 슈베르트 피아노 소나타 중에서 밝고 사랑스러운 감정이 가득하다. 짧고 간결하게 구성되어서 순수하고 담백하다. 맑은 물처럼 깨끗하고 깔끔한 소나타는 순수의 울림으로 사과향 같은 설레고 달콤한 분위기를 물씬 풍긴다. 이러한 곡의 해석과 느낌을 나는 내 경험이나 듣거나 책에서 보았던 여러 주인공들의 심리를 모두 모아서 곡의 느낌을 재해석한다.

슈베르트와 나

...

내가 슈베르트의 변주곡을 좋아하는 까닭은 그가 사람의 마음을 정말 잘 알고 있다고 생각하기 때문이다. 그 또한 삶의 우여곡절이 많아서였는지 그의 음악은 우울하고 슬픈 감정을 조용히, 따뜻하게 위로하고 달랜다.

슈베르트는 내성적이었고 겸손하고 온화한 성격으로 아름답고 서정적인 선율을 작곡하는데 탁월한 재능을 보였다. 친구들도 많았던 그는 30여 년 생애 동안 900여 많은 곡을 작곡했다. 그는 생활을 책임질 수 있는 변변한 직장도 없었지만 열성을 다해 연구하고 음악공부를 했다. 그렇게 삶과 예술과의 끊이지 않는 혈투를 겪다가 이 세상과 이별해야만 했다. 가난과 고독을 평생 지고 살았던 그는 살아 있는 동안 그 누구도 알아 주지 않는 서러운 삶을 짧게 살다 갔다. 나는 그의 적막한 생이, 그 외로운 걸음과 우울, 표현할 수 없는 예술가로서의 고통을 애도하지 않을 수 없다. 슈베르트를 생각할 때마다 누구에게도 표현하지 못했을, 털어놓지 못했을 복잡한 생각과 현실에 따른 마음의 흔들림을 오로지 혼자 인내하고 감당해야 했을 고통이 느껴진다.

슈베르트는 선율을 깊이 생각하였다. 선율은 시에서 비롯되었으며 시가 말하는, 이야기하는 많은 장면들—봄날 새싹의 돋움이나 짙은 단풍이 깊게 물들어 그 무게를 이기지 못하고 제 색을 잃은 뒤 떨어지는 가을, 깊고 조용하고 밝고 어두운 겨울의 정서 등—에 대한 음악 외적인 세부 묘사였고, 이에 따라 그는 물레로 실을 잣는 모습이나 물방울 떨어지는 소리, 봄의 '현란한 옷' 등과 같은 회화적 이미지를 반주를 통해 묘사했다. 음악을 듣고 있노라면 한 편의 그림 작품을 감상한 듯하고 한 권의 시집이나 에세이를 읽은 듯한 느낌은 여기에서 기인한다.

때문에 슈베르트의 음악은 그를 알려 주고 그의 문학적 감성과 삶의 여러 결을 들춰내 사색하는 철학적 정서를 담아내고 있다. 그래서 그의 음악은 우리를 참 섬세하고 따뜻하게 위로해 줄 수 있는 것이다. 또 때로는 그 위로가 너무나 섬세하고 부드러워서 굳이 털어놓고 싶지 않은 마음까지도 끌어내 인식하게 하고 정성스럽게 다독인다.

가끔은 엄마에게도 할머니에게도 의논하기 어려운 일이 있다. 내 장애 때문인 것도 있고 지금 내 상황에 대한 어려움도 있다. 그러나 내가 그것을 할머니께나 엄마에게 말한다면 그 두 분은 나보다 더 큰 상처를 받으실 거다. 그것을 잘 알고 있기 때문에 더욱 조심해야 한다. 가끔은 혼자서 내 마음을 달래는데 그때 음악은 좋은 친구이고 선생님이었다. 음악은 내게 힘을 주고 평화를 주고 소용돌이치는 감정을 진정시키고 타일렀다. 내가 사춘기를 큰 문제없이, 바꿀 수 없을 만큼 지독한 마음으로 고민을 만들지 않았던 것은 음악 덕분이었다.

숙명(淑明), 이름처럼 맑고 밝은 사람들

...

나는 고교 졸업 후 첫 대학 입시에 실패했다. 입시 전형에 대한 정보가 부족했다. 여러 전형에 맞게 탄력적으로 준비해야 하는데 나는 형편상 그 적응에 시간이 조금 더 필요했다. 한 해 동안 입시를 위한 준비를 철저히 했고 그다음 해 숙명여자대학교 피아노과에 입학할 수 있었다. 어떤 학교에도 피아노 전공은 장애인(특별) 전형이 없었기 때문에 당연하게 일반전형에 응시했고 한 해 동안 입시 준비를 했기에 큰 어려움 없이 합격할 수 있었다. 그런데 한 해 동안의 기다림이 선물도 주었다. 내가 수석 입학을 한 거다. 시각장애인이 일반전형으로 대학에 합격, 그것도 수석으로 입학했다는 것은 사람들에게 흥미로운 뉴스가 되었다. 여러 곳에서 인터뷰가 이어졌고 나는 뭐 특별한 사람이 된 양 여기저기 잡지와 신문에서 기사화되었다.

모두들 나의 대학 입학을 장애인의 기적과도 같은 업적으로 추켜세웠고 인간 승리로 미화했다. 나는 한순간에 많은 장애인들의 모델이 된 것 같았고 '장애인도 할 수 있다.'는 파이팅 넘치는 구호의 배경이 된 듯했다. 물론 이 모든 일들이 거북하거나 싫지는 않았다. 그러나 내 생각과는 조금 동떨어진 상황이 좀 당황스럽기는 했다. 나는 뭐 불굴의 의지를 가진 사람도 아니고 장애를 극복하기 위해서 '으쌰으쌰' 힘을 낸 것은 아니기 때문이었다. 난 그저 내가 좋아하는 일을 한 것이고 시각장애가 그 일을 하는 데에 그야말로 장애가 된 것은 아니기 때문이다. 보이지 않기 때문에 겪어야 하는 불편함은 감수해야 할 일이지 그것 때문에 삶을 투정하거나 포기하는 것은 있을 수 없는 일이니까.

대학 생활 중에 맞닥트린 이러저러한 일을 쭉 늘어놓는다면 정말 서울에서 부산쯤 갈 만한 거리가 될 것 같다. 대학 생활은 예상대로 내가 주목받는 것에서부터 시작되었다. 그래서인지 재미있는 일도 참 많았다. 학교도 나와 같은 장애 학생을 처음 맞이한 것이고 나 또한 처음 가 보는 대학이니 둘은 얼마나 낯설고 긴장했겠는가. 그렇지만 학교와 나는 곧 가까워졌고, 서로를 알아 가면서 성숙했고 큰 걸림돌이었던 것도 아주 작은 문제 정도로 받아들일 수 있을 만큼 여유롭게 되었다. 4년의 시간이 서로를 변화시킨 것이다.

재미있는 일은 입학 후부터 셀 수 없이 많았다. 우선은 한 학교를 12년간 다닌 나는 새로운 학교의 건물 위치와 강의실 위치, 이 강의실에서 다른 강의실로, 도서관에서 실습실로 옮기는 모든 과정을 새롭게 기억해야 했다. 어떤 것보다 이것이 시급했다. 어디가 어디인지 전혀 인식할 수 없는 상황에서 케인을 들고 거리와 장애물을 인지하기란 어려웠고 실수도 많았다.

입학식에는 엄마의 설명 덕분에 정문에서 바라볼 때에 강당이 어디 있는지 알 수 있었고 거리도 가늠할 수 있었다. 문제는 그다음 날부터였다. 엄마는 언제나 그렇듯이 내가 해야 할 일에 대해서는 분명하게 선을 긋고 맡기셨다. 살짝 두렵고 무서운 마음도 들었지만 나는 갖고 있는 유일한 장점, '어떻게든 잘될 거야.'를 마음속으로 외치면서 다음 날 학교로 나섰다.

한결같이 긍정적이고 대책 없이 도전적인 나에게는 항상 크고 작은 돌발 문제가 발생한다. 그러나 재미있는 것은 그때마다 놀랍게도 행운이 함께한다는 것이다. 예를 들면 뭐 이런 것이다. 케인을 가지고 길을 걸을 때 가끔 인지하지 못한 턱에 걸려 넘어지는 사고가 발생할 경우 그때 마침 앞 사람이 끼어들어서 그의 등이나 어깨 부분에 얼굴이 닿아 길바닥에 고꾸라지는 최악의 사태를 면할 수 있는 일 등이다. 내가 시시각각 발생하는(잠재적 문제까지를 생각한다면 훨씬 더 많겠지만), 혹은 발생할 수 있는 크고 작은 사고에 대해서 늘 잘될 거라는 기대감을 갖는 것은 이러한 이유에서다.

이는 학교 입학 후에도 나의 예상대로 계속되었다. 첫날 학교에 갔을 때에 입학식에서 알아 두었던 학과 사무실을 찾아가는 길이었다. 지나가는 사람들에게 몇 차례 묻고, 또 묻고 해서 찾아갔기 때문에 짐작한 대로 예상한 시간보다 좀 늦게 도착했다. 조교님에게 강의실과 학생회관 등의 위치와 시간표, 식당과 도서관 등의 시설을 이용하는 방법에 대해서 질문했다. 조교님은 살짝 웃음까지 담아 친절하게 가르쳐 주었다. 목소리를 들으며 상상해 봤는데 그녀의 목소리는 마른 가을 하늘,

조용한 가운데 그 흐름을 거스르지 않으려는 듯 조심스레 살짝 피아노 건반을 눌렀을 때 나는 청아한 소리 같았다. 틀림없이 얼굴까지도 곱고 예쁠 것이다.

조교가 가르쳐 준대로 학생회관으로 가는 길이었다. 입학 직후이니 학생회관 근처에는 각종 동아리 홍보가 한창이었고 신입생을 모집하는 선배들의 목소리도 한껏 고조되어 있었다. '송강호를 파헤친다.' 는 영화동아리서부터 아름다운 세상을 노래하자는 합창동아리, 스웨그(swag) 넘치는 힙합동아리 곁을 지날 때는 개성 넘치는 노래가 흘러나왔다. 서울지역 연합봉사 동아리는 목청 돋아 "봉사를 통한 기쁨을 함께 나눕시다!"라며 강력하게 호소하고 있었다. 캠퍼스의 생기가 훅 내 온몸에 차올랐고 덩달아 가슴까지 두근댔다. 콩닥거리는 마음을 기분 좋게 달래는 발걸음도 가벼웠다.

학생회관에 거의 다다랐을 때였다. 한 사람이 다가왔다.

"무슨 과 학생이에요?"

"어머! 저요? 피아노과예요."

"그렇군요, 내가 장애인학생 봉사도우미인데요, 여기서 만나네요. 과조교에게 직접 소개받기로 했는데 미리 만났어요."

"아, 그러세요. 반갑습니다."

목소리가 밝고 힘찬 선배는 강의실 찾아가는 것에서 점심시간 학생식당으로의 이동, 도서관과 교내 서점 및 실기실습실 등 내가 다니는 주요 장소를 정성껏 안내해 주고 동행해 주었다. 특히 대학 생활의 이러저러한 일을 자세하게 일러 주며 무엇보다 열심히 준비해서 대학 오게 된 후 '대2병'에 걸리지 않았으면 좋겠다고 했다. '내 전공이 내게 맞는 걸까?', '재수해서 더 좋은 학교로 갈까?', '내가 잘할 수 있을까', '이런 것이 대학 생활인가?' 등 갖가지 고민이 엄습한다고 했다. 사춘기 연장이라고도 했고, 얌전하게 공부만 한 친구들이 쉬이 걸린다고도 했다. 선배의 말을 듣고 보니 그럴 것도 같았다. 오직 한 가지를 위해서 달려온 사람들은 그것을 이루었을 때 좀 허탈한 마음을 갖게 되니까.

나는 피가 되고 살이 되는 선배의 조언에 동의하면서 그동안 좋아해서 늘 가까이했던 음악에 재능도 가지고 있음을 발견한 기쁨을 상기했다. 이제는 망설임 없이 제대로 공부해서 전문가로서 성장하길 기대해야 했다. 나는 대학 입학부터 피아노를 통해 무엇을 할 것인가에 대한 방향이 분명했고 구체적인 목표도 가지고 있었던 터라 다시 이 길을 고민한다거나 우물쭈물할 필요가 없었다. 그리고 그렇게 할 시간도 없었다. 나는 수많은 음악가를 알아 가기에도 시간이 부족했고 더군다나 그들의 음악을 이해하기란 아직 턱없이 부족했기 때문이다.

교수님, '막가파' 학생을 용서하세요

···

　입학 직후 선배의 도움이 있었지만 그 밖에도 내가 스스로 해결해야 할 일들은 산적했다. 대표적으로 교재를 만드는 일이었다. 물론 나는 다른 친구들처럼 교재를 볼 수 없다. 때문에 모든 강의 교재를 점자도서로 전환해야 하는데, 이것이 또 빠르게 되지 않았다. 복지관에 맡기고 그다음부터는 착하게, 착하게 기다려야 하는데 너무나 시간이 많이 흘러 버려서 기다림이 힘들었다.

　미리 예상한 일이었지만 막상 닥치니까 처음의 마음은 사라져 버리고 '그 간단한 일이 왜 이렇게 오래 걸리지.' 부터 행정적 절차에 대한 아쉬움, 출판사와 복지관과의 의사소통의 문제 등도 원망스럽기만 했다. '그래, 그 사람들도 나름 최선을 다 하고 있는 거겠지, 뭐 나에게 나쁜 감정이 있어서 일부러 늦게 해 주겠어.' 라며 스스로를 달래기도 여러 차례 했지만 답답하고 조급한 마음은 쉬이 가라앉지 않았다.

　교재가 없으니 교수님 강의를 듣기도 어려웠다. 그때는 대필해 줄 도우미도 없던 때라 오로지 강의를 듣는 것과 학습은 나 혼자만의 몫이었다. 당연히 공부는 그렇다. 그렇지만 내 형편상 필요한 몇 가지가 해결이 되어야만 그것이 원활할 텐데, 그리고 나는 열심히 할 마음의 준비도 되었는데, 이렇게 발목을 붙잡는 일이 생기니 답답하고 안타까웠다.

개강과 함께(이후에는 교수님께 교재를 먼저 여쭈어 최대한 빨리 점자도서를 준비할 수 있었지만) 맡긴 도서는 학기가 끝날 즈음에야 점자도서로 완성되어서 다른 방법을 찾을 수밖에 없었다. 그것은 발칙하나마 교수님께 뻔뻔한 요구를 하는 것이었다. '어느 단원을 자세히 들어야 하는지 알려 달라'는 말씀에 교수님들은 조금 당황하시기도 한 것 같지만 '잘 한다.', '용기 있는 태도를 잃지 마라.', '또 무엇을 도와주면 좋겠냐.' 시며 열렬하게 응원해 주셨다. 어떤 교수님께서는 '예지 학생 덕분에 나도 시험을 미리미리 준비해야 하니 부지런해진다.' 고 농담하시며 흔쾌히 나의 형편에 공감하시고 도움을 주셨다. 물론 다른 학생들보다 더 좋은 점수를 주셨다거나 했던 일은 단 한 번도 없다.

사실 참 감사하고 또 감사한 일이다. 교수님들은 강의 전후에 또 한 번의 강의를 하셔야 하는 일인데도 그렇게 해 주셨다. 교수님들은 나의 막가파식 요구에도 흔쾌히 강의 전이나 후에 똑같은 강의를 다시 한 번 차근차근 짚어 주셨다. 또, 시험지를 볼 수 없으니 같은 내용을 구두로 시험 볼 수 있게 해 주십사 하는 것에도 단박에 그렇게 하자시며 따로 시간을 내어 단독 평가해 주셨다.

전공은 물론 교양과목 교수님들께도 빠짐없이 부탁드리고 허락받고 하는 일들이 절대 쉽지는 않았다. 그러나 나는 가만히 도움 받기를 기다리면서 누군가 나타나 '도움을 줄까요?' 물어오기를 기다리는 것은 참 어리석은 일이라고 생각했다. 장애인은 마땅히 도움을 받는 사람이 아니라 비장애인들처럼 필요하다면 도움을 요청할 수 있는 사람들이다. 그러니 형편상 도움을 청해야 하는 일에는 적극적으로 나서서 요청해야 한다. 그래야 내가 할 수 있는 일도 적극적으로 해 나갈 수 있기 때문이다.

나는 숙명여대 피아노과 교수님들은 물론이고 내가 만난 모든 선생님들께 이 글을 빌려 진심으로 감사하다는 말씀을 하고 싶다. 선생님들은 내가 장애로 인해 기회를 얻지 못하는 일에 동의하지 않으셨고 혹시라도 그러한 일이 생기는 것을 적극 경계하셨다. 나를 장애인이라고 동정하는 것이 아니라 하고 싶은 일을 하는 데에 작지 않은 장애물이 있지만 그것을 인정하고 수용하여 걸어가는 내 걸음을 아름답다고 하셨고, 인정하고 응원해 주셨다. 그러한 환경 덕분에 나는 '동문장학금', '실기 1등 장학금' 등 다양한 장학금을 받는 기쁨을 얻을 수 있었고 열심히 하면 반드시 열매가 있다는 확신을 갖게 되었다. 그리고 졸업하면서는 '자랑스런 동문' 명단에 포함되는 영광을 누렸다.

내가 오늘 내 몫을 감당하고 어쩌면 그것을 잘해 내고 있다면 그것은 모두 나를 가르쳐 주신 분들의 도움이고 응원해 주신 분들의 사랑이 만든 기적일 것이다.

덕영트리오 활동으로 깨달은 감사와 기쁨

...

나는 대학 입학 전 한국방송공사가 주최하는 음악콩쿠르에서 영챌린지상을 수상했다. 입학 소식이 알려지고서 2000년 2월에는 'KBS 열린음악회'에서 독주를 했다. 많은 사람들의 큰 박수 소리는 현장의 규모를 직감하게 했고 연주 전 대기실서부터 살짝 흥분하기도 했다. 그러나 설렘과 긴장도 연주가 시작되면서는 차분히 가라앉으며 오직 내 피아노 선율에만 집중할 수 있도록 자리를 비켰다. 이는 연주가 시작되는 것과 함께 곧 몰입이 시작되는 장점 덕분이기도 한데 거기에는 또 다른 이유도 있다.

뭐 대단한 것은 아니지만 보이지 않으니까 나를 보고 있는 수많은 사람들의 눈동자와 그들의 호기심을 볼 수 없기 때문에 긴장과 떨림이 훨씬 덜 하다. 많은 분들이 김예지는 당당한 모습이 멋지다는 말씀을 여러 차례 하시는데 어쩌면 보이지 않으니까 두렵고 수줍은 마음도 쫓아낼 수 있는 덕분인 것 같기도 하다. 어찌됐든 앞이 보이지 않는 것이 가끔은 숨겨진 카드가 된다.

2000년 4월 청주 CBS 방송국 주최 청주문화예술회관 연주회 출연과 경향신문과 일본 아미치예술단이 기획한 '찾아가는 음악회' 등의 다수 독주 무대는 전문 연주자로 성장하는 데에 동력이 되었다. 이후 2002년 5월에는 경기문예회관 주최 독주회, 같은 해 9월에는 한국방송공사와 숙명여자대학교가 공동주최하는 '자선 콘서트'에서도 연주자로 활동하였다. 좋은 일에 함께할 수 있는 기쁨이 컸고 내 연주가 선한 활동에 보탬이 되어서 그날만큼은 다른 날 연주보다 더 아름답게 느껴져서 감사했다.

2003년 8월에는 일본 Kirishma Music Festival에서 연주하였고 2003년 9월에는 체코 Janacek Phil Harmonic Orchestra와 협연, 2003년 10월에는 예술의 전당에서 덕영트리오 단원으로 Baroque 합주단과 협연하였다. 2003년 10월에는 영산아트홀에서 강남심포니오케스트라와 협연하였다. 연주가 거듭될수록 나는 전문 연주자로서 인정받기 시작하였고, 학부를 졸업하던 2004년 2월에는 활발한 활동과 장애인으로서 사회 전반에 미친 긍정적인 활동을 인정받아 '21세기를 이끌 우수인재상' 수상자로 선정되어 명예 대통령상을 받았다. 초등학교 첫 소풍날의 기억처럼 두근거렸고 청와대에서의 연주는 상상 속 분위기만으로도 충분히 거룩하고 아름다운 모습이었다.

많은 사람들이 귀 기울이는 가운데 진행된 연주는 어느 것 하나 빼놓을 수 없이 소중한 경험이었고, 가능하다면 전체를 담아 매일매일 꺼내 보고 싶은 보물상자를 간직한 기분이었다. 그리고 분명한 것은 그때마다 나는 성장하고 있었다는 것이다.

특별히 덕영트리오 단원으로 참여할 수 있었던 협연은 대학교 2학년 때 덕영재단에서 했던 점자악보출판 기념 음악회에 초청되어 독주를 했는데 그때 이사장님께서 보시고 트리오 결성을 생각하셨단다. 나는 그 이후 지금까지 덕영트리오 단원으로 활동하고 있다. 덕영트리오는 연주회 수익금으로 어려운 학생들에게 장학금을 주는 데에 보탬을 주고 있다. 나는 덕영재단의 좋은 뜻에 동참할 수 있게 되어서 기쁘고 무엇보다 내 재능을 기부할 수 있어서 놀랍고 감사했다. 그리고 또 하나 깨달은 것이 있었다. 좋은 마음으로 한 선한 행동은 그것이 다른 이들에게로 흘러가는 아름답고 튼튼한 줄기가 된다는 것이다. 나는 영광스럽게도 덕영트리오 단원이 되어서 즐겁게 연주하는 열매를 이미 받았는데 이것이 곧 다른 줄기로 보내져서 또 다른 열매를 맺게 했다. 이 얼마나 아름다운 일인가! 세상은 이렇게 선하고 좋은 기운이 돌고 돌아 곳곳에서 열매를 맺고 꽃을 피우는 것이다.

창조와 나, 한 걸음, 함께 걸음!

...

사람들은 가끔 보이지 않아서 좋은 점도 있지 않냐며 농담 같은 질문을 한다. 물론 나와 친한 사람들이 대부분이 이런 질문을 한다. 대부분의 사람들은 이러한 질문이 크게 실례가 된다고 생각하거나 무관심하기 때문이다. 가끔 연주회나 하우스콘서트 등에서 만난 어린이들이 '안 보이면 어떠냐?', '정말 깜깜하냐?', '낮과 밤을 어떻게 아느냐?' 등의 질문을 하는데 그런 질문을 받고 나면 정말 궁금할 수 있겠구나 생각한다. 나와 다른 사람의 생활과 삶을 알고 싶은 순수한 호기심이기도 하고 무엇보다 관심이기 때문에 불쾌하거나 기분 나쁘지 않다. 사실 어른들도 이런 질문을 하고 싶지 않겠는가! 체면 때문에 하지 못할 뿐이지.

보이지 않는 많은 사람들이 있다. 그 사람들은 저마다 다 다른 상황이겠지만 나의 경우 빛과 어둠 정도는 가늠할 수 있는 것 같다. 그러니까 낮과 밤을 아는 것은 몸뿐만 아니라 시각으로도 짐작할 수 있는 것이다. 그밖에도 보이지 않아서 겪는 재미있는 상황도 많다. 가끔은

'앗싸!' 외칠 만큼 좋을 때도 있다. 사람들로 빈틈없이 꽉 들어찬 지하철을 타고 가다 보면 서로 얼굴을 맞댈 수밖에 없는 상황이 발생한다. '지옥철'이라고 하는 것이 아마도 그런 상황일 것이다. 사람들을 전동차 안으로 꾹꾹 밀어주는 '푸쉬맨'이란 신조어도 등장하지 않았던가. 아무튼 출근 시각 지하철은 끔찍하다.

그러나 나는 보이지 않기 때문에 가까이 다른 사람 얼굴이 있다고 해도 그다지 민망함을 느끼지 않고 시선 처리에도 자유롭다. 그러니까 그러한 불편한 상황은 다른 사람들만의 문제가 된다. 사람으로 꽉 찬 지하철 안에서 눈길을 어디다 두어야 할지, 또 손은 어디에 있어야 하는지 고민스럽지 않다. 멈추고 출발할 때의 작은 흔들림에도 무사할 수 있을 만한 위치와 자세만 확보했다면 그다음부터는 안심이다. 지하철 등하굣길이 다른 친구들보다 덜 고민스러웠던 것은 그 점이다. 다만 시각 장애가 없는 이들보다 좀 더 예민한 청각과 촉각을 가지고 있어서 사람들이 많은 장소에서 나도 모르게 예민하고 긴장하게 되는 일이 많지만 그만큼 기민하게 행동할 수 있다는 점은 또 고마운 일이다. 어떤 상황에서든 항상 행운은 있고 또 모든 문제는 좋은 쪽으로 해결될 것이니까 말이다.

대학 입학 이후 얼마간 이전처럼 케인을 사용했지만 평소 움직이는 장소가 다양해지고 움직임의 반경도 넓어지면서 한계를 알게 됐다. 낯선 곳으로의 방문도 잦아지고 만나는 사람들도 많아지면서 미처 인지하지 못한 장애물들이 곳곳에 산적해 있었고 그런 것들이 낯선 장소에서는 더 늦게 발견되면서 넘어지는 크고 작은 일들이 종종 발생한 것이다.

그즈음 엄마와 나는 생명체와 함께 다니는 것이 안전하다는 것을 익히 알고 있던 터라 정식으로 안내견 신청을 적극 검토해 보기로 했다. 당장은 나도 안내견과 친숙해지기 위해서 몇 가지 훈련을 받아야 했고 연습도 필요했지만 앞으로 나의 활동을 생각한다면 거쳐야 하는 일이었다.

여러 차례 정보를 찾고 자문을 구하고 준비하는 과정에서 삼성화재에서 후원하는 맹인안내견 사업을 알게 되었고 또 한 번의 기적과도 같은 일로 '창조'를 만나게 되었다. 세 살이 된 래브라도 리트리버 수컷. 한창 청년기를 보내고 있는 녀석은 느끼하게 잘생긴 프랑스 배우 같았다. 나는 녀석의 잘생김을 첫 만남에서부터 금세 알아볼 수 있었다. 우선 녀석은 진한 전지분유 냄새 가득한 부드럽고 윤기 나는 털을 도도하게 빗겨 내리고 나타났다. 늘씬한 몸매와 동그란 머리, 굵직한 듯 쭉 뻗은 튼튼한 네 다리는 건장한 청년의 모범답안과도 같은 몸매였다.

창조는 아주 부드럽고 익숙하게 내 곁으로 걸어와 섰다. '잘해 보자.' 는 내 속삭임을 귀 쫑긋하여 들어주었고 내 첫걸음이 시작되자마자 기다렸다는 듯이 당당하게 걷기 시작했다. 창조의 걸음은 자신감 넘치고 씩씩했는데, 나는 녀석의 발걸음 소리를 들으면 그것을 쉽게 알 수 있었다. 우리 집에서의 동거동락이 시작되기 얼마 전부터 여러 차례 만나서 친숙해지는 시간을 가져서인지 창조는 첫날 밤부터도 오랫동안 제집인 양 편안하게 지냈다. 거실에 마련된 제집에서(깔아 준 카펫이 폭신

해서였는지 몰라도) 참 잘 잤고 나는 밤새 녀석이 잠들었는지 궁금해서 잠 못 이루었다. 거실로 나갔다가 다시 들어오기를 몇 차례, 혹여 내가 물 먹으러 나간 사이 잠이 깨지나 않을까 해서 마른 침을 삼키며 새벽이 되기까지 기다렸다. 녀석은 그렇게 조금의 낯섦도 없이 밤을 보냈고 다음 날 아침부터는 능숙하게 하네스를 입고 내게 자기의 자율권을 맡겨 주었다. 걷는 것에서 멈추고 뛰는 일까지, 목마름에서 소변 보는 일까지를 전적으로 내게 맞추었다. 그렇게 훈련받는다고 하지만 그래도 충동과 본성을 억제하고 나를 위해서 먹고, 걷고, 선 녀석을 생각할 때마다 눈물이 날 듯 고마웠다.

철저하게 나를 배려하는 녀석의 걸음은 내게 안정감을 주었고 만나고 며칠이 지나고부터는 집을 나설 때에 어떤 불안함도 없었다. 어디든 갈 수 있을 것 같았고 케인을 가지고 나설 때보다 길동무가 생겨서인지 낯선 장소를 찾아갈 때에도, 또 찾아가서도 편안할 수 있었다.

아참, '창조'라는 이름의 이야기도 해야겠다. 나는 장애를 갖고 살게 된 이후 처음 만난 안내견과 함께 이전과는 다른, 더 새롭고 흥미로운 일들을 기대하고 싶었다. 이제 성인이 된 나의 미래를 기대하고 계획하면서 그 시작을 함께할 안내견과 함께 놀라운 새 일을 시작할 거라는 소망으로 창조라고 이름 지었다. 그렇게 이름 지은 다음 날, 창조와 나는 새날을 기대하면서 새날을 창조하겠다는 마음가짐으로 씩씩하게 집을 나섰다. 이러한 야무진 이야기 때문이 아니라 창조는 정말 이름만큼 창의적이고 적극적인 친구이며 자신감 넘치는 아이였다. 늘 나를 주도하는 자신감으로 앞서 걸었고 철저하게 나의 오빠가 된 것인

양 걷고 멈췄다.

한 번은 창조와 함께 비 오는 날 학교 가는 길에 있었던 일이다. 비 오는 날은 우산을 쓰고 하네스를 잡고 해야 해서 불편한 점이 생기는데 무엇보다 창조가 힘들 것 같아서 그게 제일 마음 쓰였다. 창조에게 우산을 따로 씌워 줄 수 없고, 또 창조는 사람들의 우산 높이를 볼 수 없기 때문에 나를 잘못 안내할 수도 있었다. 창조가 걸을 때에는 안전하지만 혹시 내가 우산에 찔릴 수도 있는 위험이 있기 때문이다.

조금은 걱정을 안고 시작한 등굣길에서 내가 걱정했던 일은 다행히 없었지만 평소 맞닥뜨리게 될 때마다 곤혹스러운 일이 생기고 말았다. 택시를 타기 훨씬 더 어렵게 된 것이다. 아직도 많은 사람들은 안내견을 애완견 정도로 생각하여 식당에 가거나 택시나 지하철, 버스에 탈 때 거절하는 일이 잦은데 특히 비 오는 날은 더 심했다.

"개털 냄새나면 손님들이 싫어하셔서……."
"개를 태우면 시트가 다 젖어요, 다른 손님을 어떻게 태우라고."
"이런 날은 나오시면 안 돼요, 다른 사람들도 생각해 줘야죠."
"나 원 참…… 아침부터 재수없게시리."

마음에 크게 상처를 낼 만큼 속상한 일은 아니었다. 뭐 여러 번 있었던 일이라서 상처가 되지 않는다는 것은 아니지만 그런 편견이 나를 더욱 강하게 만들었다고나 할까. 나는 미안하다고 말하고 웃어넘기며 다른 집, 다른 택시를 기대한다. 편견에 싸인 사람들과 '그것이 아니에요.'라고 다투는 것보다는 그들의 생각을 온화하게 변화시켜 가는 것이 더 빠르고 건강한 방법이라고 생각하기 때문이다. 사람은 변하지 않고 나와 다른 사람들은 얼마든지 존재하기 때문이다. 그들에게 일일이 편견에서 빠져나오라고 강조한다면 이것 또한 억지스러운 주장이지 않겠는가.

나의 눈이 되고 음악이 되어 준 창조야, 사랑해

...

창조와 나는 그렇게 대학과 대학원 생활을 함께했고 혼자 서기 위해서는 직업이 있어야 한다는 생각에 서둘러 교사 직업을 가지려고 입학한 교육대학원 생활까지 함께했다. 성북시각장애인복지관에서 약 1년간 유치원, 초등학생을 가르쳤던 시간까지 합한다면 7년여 시간을 함께한 것이다.

그러나 우리에게도 어김없이 이별이 찾아왔다. 전문 음악가가 되기 위해서는 유학을 해야 한다는 어머니의 주장과 팽팽히 맞서며 직업인으로의 준비와 생활에 몰입했던 나는 잦은 초청연주가 기획, 진행되면서 체력의 한계를 느끼게 되었다. 연주를 위해서 연습할 시간이 절대적으로 부족한 것이 크게 두려웠고 엄청난 스트레스로 다가왔다. 한계에 맞닥뜨리니 내게 첫 번째는 연주였다는 것을 깨닫게 되었다.

그것을 알게 되니까 생활을 위해서, 거기에 또 의미를 보태어서 내 마음대로 결정하고 해 왔던 일들을 정리해야 했다. 어머니와 갈등했던 유학도 실천하기로 결심했다. 그러나 뭐든 시작하면 반드시 맺음을 하는 성격인지라 공부하고 있던 교육대학원 논문을 쓰고 학위를 받고 나서야 미국 유학길에 오를 수 있었다. 어쩔 수 없이 나와 창조는 이별할 수밖에 없게 됐다.

창조가 나와 함께 유학 가서 모든 과정을 마치기에는 창조의 나이가 너무 많았다. 뿐만 아니라 안내견 은퇴 후 창조를 분양받아서 함께하겠노라는 약속을 지키지 못하게 됐다. 어쩔 수 없이 나의 유학 때문에 창조는 은퇴를 앞당겨야 했고 나는 새로운 안내견을 만나야 했다. 미안함과 죄책감이 밀려왔다. 유학을 가야 하니 창조를 분양받을 수도 없었다. 이런 상황을 창조도 이미 알고 있는 것 같았다. 좀 시무룩한 표정이었지만 며칠간 느끼지 못할 만큼 매일 당당하고 힘찬 걸음으로 동행했다.

그러나 우리의 이별이 영원한 것은 아니었다. 미국 유학 중에도 귀국해서는 꼭 창조를 만났다. 창조는 안내견을 은퇴하고 좋은 가족을 만나 편안하고 행복하게 노년을 보내고 있었다. 창조의 새 가족의 배려로 귀국 때마다 창조를 만나러 갔는데 멀리서 불러도 내 목소리를 기억하고 달려오는 모습을 볼 때에는 매번 세상을 다 가진 듯 행복해서 눈물이 났다. 그리고 2009년 나와 함께 유학길에 올라 2015년까지 미국 생활을 함께한 안내견 '찬미'와도 인사를 나누며 사이좋은 오누이처럼 편안한 시간을 함께했다.

창조는 2011년 10월 하늘나라로 떠났다. 편안하게 마지막 숨을 거두었다는데 마지막을 지켜 주지 못한 미안함은 꽤 오랫동안 가시지 않았

표지사진도 안내견과 함께

안내견 창조 무덤 앞에서

다. 유학 초기 영어공부에 집중하면서 받은 엄청난 스트레스 속에서도 흔들리지 않던 마음이 더 이상 창조와 만날 수 없는 이별을 겪게 되니 태풍 속 조각배가 된 양 세차게 흔들렸다. 10월의 어느 늦은 밤, 존스 홉킨스 대학 기숙사에서는 조용하나 통곡하는 울음이 어둠을 비집고 계속됐다.

내 눈과 음악이 되어 함께 걸어온 안내견 창조
너와 함께한 아름다운 동행 항상 기억할게!
사랑해 창조야! ♡♡♡
탄생 1998. 08. 05
하늘 간 날 2011. 10. 02

미국, 낯선 땅에서의 당찬 도전기

...

대학 졸업 후 나는 내 삶을 책임지는 생활인으로 우뚝 서고 싶었다. 무엇이든 할 수 있다 생각하고 부딪쳐 보는 것이 성격인지라 대학 졸업 후에는 경제적으로도 독립하여 내 삶을 꾸려 가고 싶었다. 물론 나는 세계적인 피아니스트가 되고 싶었다. 그 꿈이 바뀌거나 잠깐이라도 꿈을 버린 적은 단 한 번도 없다. 다만 자신감이 지나쳐 교만했던 것인지, 엄마의 말씀대로 '그저 외할머니 손에 곱게만 자라서 세상을 아직 모르는 철부지'였는지 아주 '무지한 야무짐'으로 생활과 꿈을 모두 이루리라, 이룰 수 있다고 자신하고 확신했다. 다시 생각해도 겁 없고 부끄러운 막무가내 스물네 살이었다.

나는 내 생활을 책임질 수 있는(어쩌면 가족 모두를 책임지려고 했던 근거 없는 자신감) 동시에 예술가로서도 성공하고 싶었다. 그리고 그것이 가능하다고 믿었다. 교육대학원에 다니겠다는 내 생각은 유학을 해서 더 깊이 공부하라는 엄마의 의견과 크게 충돌했고 엄마를 참 많이 닮은 나는 뜻을 굽히지 않았다. 당연히 엄마의 경제적 지원은 모두 중단되었다. 용돈과 학비가 중단되었지만 그래도 금세 얻은 직장으로 지낼 만은 했다. 내 계획대로 시각장애인을 위한 좋은 음악 선생님이 되기 위해서 매일 직장과 연습실을 오가는 바쁜 일정을 악착같이 하고 있었다.

그런데 대학원 입학 이후 연주 일정이 유독 많아졌다. 2004년 2월에 졸업하면서 '21세기를 이끌 우수인재상'을 수상하고 청와대서 연주를 한 이후에는 텔레비전 출연도 잦아졌고 노출이 된 만큼 세상에 제법 알려지기도 했다. 2005년과 2006년에는 연주 일정이 빽빽했다. 마이니치신문사가 주최하는 일본 도쿄 연주부터 여러 방송사 초청연주가 이어지면서 연습과 연주 일정만으로도 체력은 이미 바닥난 상태였다.

직장을 그만둘 수밖에 없었고 그러면서 나의 길이 무엇인지 다시 기도하며 생각을 정리하게 되었다. 나는 세계 최고가 되어야만 연주자라 호명할 수 있다고 생각했었다. 그러나 그것이 답은 아니었다. 굳이 다섯 손가락 안에 꼽히는 세계적인 연주가가 아니더라도 내 연주에 감동하는 관객들이 있다면 평생 연주하면서 살 수 있겠다고 생각했다. 유명 연주자만이 존경받을 만한 음악가가 아니라는 깨달음은 내가 원했던 것이 스포트라이트를 받는 연주자가 아니었음을 알게 해 주었다. 명료하게 생각이 정리되니 그다음은 어떤 일도 막힘없이 진행되었다.

미국 존스홉킨스 대학 피바디(Peabody Institute of the Johns Hopkins

University) 과정에 입학을 준비하면서 제일 어려웠던 것은 영어였다. 당장에 영어 학원에 다닐 수도 없는 상황이어서 인터넷에서 가장 많은 사람들이 보는 토플 책을 구입하여 다시 점자로 전환한 뒤에 혼자서 공부했다. 매번 시험과 평가는 풀기 어려운 숙제이다. 지금은 국립장애인도서관에 점자책이 많이 보급되었지만 불과 몇 년 전만 하더라도 내가 가지고 있는 장애보다 점자책 구입하는 장애가 더 커서 민첩하게 인내하며 교재를 준비하는 것이 가장 어렵고도 중요한 일이 되었다.

유학을 준비하면서 나는 두 번째로 나의 눈과 음악이 되어 줄 안내견 '찬미'를 만났다. 찬미는 암컷이라서 그런지 창조와 비교해 보면 겁도 많고 수줍음도 많았다. 늘 걸음은 조심스러웠다. 나는 항공사의 배려로 떠나기 전에 찬미와 함께 오랜 비행을 위한 준비를 했다. 찬미가 비행기 내 분위기를 익히도록 반복적으로 훈련하고 이륙과 착륙의 기내 변화를 편안하게 받아들일 수 있도록 실전 훈련과 선체험을 진행했다. 찬미는 실제 비행에서도 돌발 행동이나 긴장감 없이 편안하게 비행했다. 찬미 덕분에 나도 두려움을 쫓을 수 있었고 앞으로 모든 일이 잘될 거라는 다짐을 되뇌며 힘을 모을 수 있었다.

세계적인 명문 음악대학으로서 학교의 규모는 거대했고 커리큘럼은 대단히 전문적이고 흥미로웠다. 모든 과목을 다 듣고 싶을 정도로 흥미로운 과목이 많았다. 그러나 기대는 현실과 거리가 있었다. 나는 피아노를 실컷 연주하고 싶었는데 학교에서는 수많은 음악 이론과 음악사 과목의 학습이 굉장히 많았고 그만큼 쏟아지는 과제로 인해서 거의 매일을 잠자는 시간까지 줄여 가며 영어에 매달려야 했다. 태어나서 제일 열심히 공부했던 것 같다. 꿈까지 영어로 꾸는 정도가 되어야 언어에 불편함이 없어진다고 하던데 정말 영어로 꿈을 꾸니까 그다음부터는 공부가 좀 수월해졌던 것도 같다. 아무튼 피바디 과정은 처음부터 마지막까지 영어, 영어와의 씨름이었고 많은 음악가들에 대한 깊이 있는 앎을 실천했던 고된 과정이었다.

내가 모델을? 짜릿한 일상의 탈출과 기분 좋은 상상

...

영어와 음악 공부의 압박 속에서도 잠시 쉴 수 있는 재미있던 일이 있었다. 광고 촬영이었다. 이미 2006년에 창조와 함께 삼성화재 공익광고에 출연한 적이 있었다. 시각장애인과 안내견의 원활한 활동을 통해서 장애인 인식 개선의 목적을 가진 광고였는데 같은 회사에서 미국에 있는 나를 모델로 보다 글로벌한 광고를 기획한 것이다. 2009년이었는데 광고 촬영은 뉴질랜드에서 했고 2009년에서 2010년까지 CNN, BBC 등 미국과 영국 미디어 등에 이미지 광고가 진행되었다. 나는 생각하는 최고의 아름다운 여인의 모습을 상상하며 감독의 요청대로 연기했고 찬미와 함께 우아하게 걷고 웃었다. 그리고 간절하게 떨어져 있던 창조를 생각했다. 창조는 늙고 병들어서 무릎 관절이 좋지 않아 안내견을 은퇴한 지금도 신나게 뛰지 못한다는 소식을 듣고 또 한참을 잠 못 이루었는데, 그날만큼은 창조와 함께했던 2006년의 경험을 떠올리면서 최대한 즐겁고 신나게 촬영을 진행했다.

완성된 광고를 보지는 못했지만 느낌으로 성공적이란 걸 알 수 있었고 뉴욕과 런던 거리 광고판에, 또 지면에 찬미와 내 얼굴이 나간다고 생각하니 기분 좋았다. 광고를 계기로 다른 모습으로, 다른 방법으로 살아가는 사람들에 대한 성숙한 이해가 지속될 수 있을 거란 기대에 보람되고 행복했다.

또 예쁜 옷 입기와 화장을 좋아하는 내게 최고로 멋지게 변신할 수 있는 기회도 있었다. 여성잡지 『VOGUE』에서 화보 촬영을 의뢰해 온 것인데 주목할 만한 문화예술가를 소개하는 꼭지였던 것 같다. 나는 몇 벌의 드레스를 입고 가장 화려한 모습으로 사진을 찍었다. 엄마가 해 주는 것과는 달리 몇 시간에 걸쳐 메이크업 아티스트의 작품으로 거듭난 내 얼굴은 보지 않았지만 주변 분들의 탄성을 통해서 얼마나 '많이' 변했는지를 짐작할 수 있었다.(아, 화장빨이여~!) 오랜 시간 환한 빛 가운데 촬영을 마치고 드디어 책이 나올 때를 기다리는 설렘은 비단 연주 전 대기실에서만은 아니었다.

영화 속 주인공이 된 듯한 화려한 경험은 아쉽게도 끝나고 말았지만 오랜 시간 쌓인 학업 스트레스를 물리치는 데는 도움이 되었다. 잠시 머리를 식힐 수 있는 기회가 되었고 다시 한 번 힘을 내서 해야 할 일에 매진하는 데에 에너지가 된 것 같았다. '이제 또 시작이다.'를 마음속으로 외치며 닥친 과제와 에세이를 잡고서 까만 밤과 씨름해야 했다.

박사학위 취득, 벅찬 감동과 굵직한 과제를 안고

...

석사과정을 마치고 박사과정을 공부하기 위해서 네 군데 학교에 지원했다. 전문 연주자가 되기 위해서 실기 위주 공부를 할 수 있는 곳을 원했는데 위스콘신 대학(University of Wisconsin—Madison)은 실기와 음악교육을 동시에 공부할 수 있는 곳이어서 나머지 세 곳의 학교에서 입학허가를 받았지만 큰 고민 없이 선택할 수 있었다. 재미있었던 것은 위스콘신 대학에 면접을 보러 가는 날 엄청난 폭설로 비행기가 결항되었다. 가끔 있는 일이라고는 했지만 하필이면 다음 날 면접시험을 앞둔 내게 이런 일이 생기다니 공항에서 돌아나오면서 이 대학과는 인연이 아닌가 보다 생각하고 깨끗하게 포기했다. 그런데 정말 인연이란 것이 있는지 며칠 뒤 위스콘신 대학으로부터 개인면접을 볼 테니 올 수 있겠냐는 메일이 도착했다.

폭설로 인한 공항 폐쇄로 면접을 보러 가지 못하게 되었다는 메일을 보내고 이미 합격 발표가 난 세 대학 중 어떤 대학으로 입학을 결정할 것인지 엄마와 함께 의논을 하며 며칠을 보낸 어느 날 위스콘신 음악

위스콘신 대학 박사과정 중 친구와 함께

대학 면접 담당 교수로부터 메일이 도착한 것이다. 나를 위한 개인 면접을 하겠다는 대학의 배려에 놀랍고 감사한 마음으로 며칠 뒤 정해진 날짜에 면접을 치르러 위스콘신 대학으로 갔다.

면접은 참 재미있었다. 음악대학의 모든 교수님들이 둘러앉아서 내 연주를 듣고 한 분씩 돌아가며 감상을 말했다. 한결같이 '놀랍다.', '믿을 수 없다.'며 마구마구 칭찬해 주시니 처음에는 진심으로 느껴지지 않았다. 그런데 내가 위스콘신 대학에 흠뻑 빠져 버린 일은 그다음 일어났다. 교수님들은 내게 칭찬만큼 많은 질문을 계속해서 하셨다. '왜 슈베르트 변주곡을 그렇게 해석했느냐?', '너의 해석에 대한 부연 설명을 해 달라', '슈베르트의 다른 곡에 대해서는 어떻게 해석할 수 있겠느냐?', '너는 어떤 음악을 하고 싶은 것인가?' 등등 교수님들의 질문은 나를 중심에 둔 나에 대한 관심과 내 재능과 사고에 대한 깊이 있는 이해를 목적한 것이었다.

나는 이미 합격한 세 곳의 대학 중 어디를 갈 것인지 고민했던 지난 며칠을 모두 잊어버렸다. 나는 그 순간 이미 위스콘신에서 박사학위 과정을 공부할 것을 결정했다. 앞으로 몇 년간의 공부가 얼마나 흥미로울지 예측할 수 있었고 그것은 상상만으로도 충분히 벅찬 감동이었다.

위스콘신 교수님들은 나의 연주를 듣고 많은 이야기 나누기를 희망하셨다. 악보대로 잘 쳤는지, 얼마나 정확하게 했는지를 확인하고 지적하는 것이 아니라 왜 그렇게 곡을 해석했는지 연주자의 해석과 의도를 궁금해했고 존중했다. 물론 이러한 방식의 공부는 당연히 연주를 위한 곡 이해와 기술적인 부분에 대한 완벽함이 선행되어야 한다. 그래야 연주자로서 존중받으며 서로의 의견을 교환하고 더 창의적이고 발전을 거듭하는 연주자로 성장할 수 있다. 교수님들은 '준비가 부족했다.', '더 연습해야 한다.' 등 일방적인 가르침을 주시기보다는 스스로 문제를 찾아서 그것을 수정하고 더 나은 방향을 찾아 노력해서 발전할 수 있도록 지도해 주셨다. 즉, 모든 과정에 긍정적 자극을 주시는 것에 최선을 다 하셨다.

내가 유명한 연주자도 아니고 그저 피아노를 좋아하는 것뿐인데도 교수님들은 항상 내 의견을 물어보셨고 나의 생각을 집중해서 들어주셨다. 나는 자유롭고 당당하게 내 의견을 말하기 좋아했고 이러한 공부 방식은 나를 충분히 발전할 수 있도록 자극했다.

이러한 가르침과 공부 방식으로 나는 박사과정 3년을 내가 가진 모든 열정을 쏟아 공부할 수 있었다. 매일이 흥분되고 기대감으로 가득 찼으며 과제와 평가 또한 두렵고 긴장한 것이 아니라 설레고 두근거림이었다. 나는 언제나 최선을 다 해서 연습하고 연주했던 것 같다. 그리고 내 연주를 들은 이들—교수님과 학우들—의 감상과 평가를 궁금해했다. 사실은 그들의 감상이 궁금해서, 내 연주에 대한 그들의 평이 궁금해서 나는 더 많은 시험과 평가를 기대하고 있었는지도 모르겠다.

나의 음악적 표현과 의견을 인정하고 존중하는 학교의 분위기는 다른 행사에서도 줄곧 이어졌다. 졸업을 앞두고 연주회가 기획되었다. 학생들은 자주 만나서 테마를 결정하고 곡을 선정하는 등 전체를 기획하고 그 과정에 공들였으며 연습도 열정적으로 진행했다. 연습 전후에는 서로 충분한 의견을 교환했는데 그 과정에서 개인의 개성을 존중해

엄마와 함께

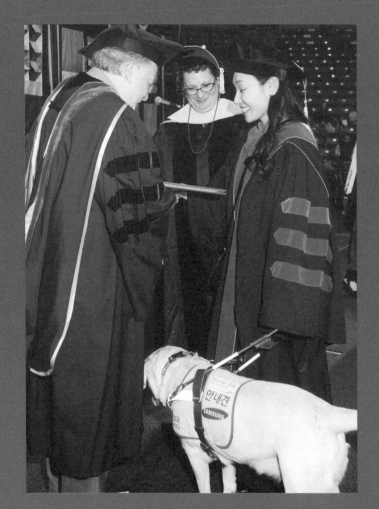

박사학위 수여식

주는 태도가 아주 인상적이었다. 물론 장애를 가지고 있는 나에 대한 특별한, 혹은 동정적인 눈과 생각 따위는 애초부터 존재하지 않았다.

나 또한 세계 여러 나라에서 온 친구들의 음악적 개성과 문화적 배경에서 등장하는 창의적 사고가 대단히 매력적이었다. 실내악 연주를 기획할 때에도 한 곡을 좀 더 다양한 방식으로 연주하는 경험을 할 수 있었고 각각 연주자의 개성에 따라 음악이 그 모습을 다양하게 변화시키고 있음도 확인할 수 있었다. 연주자 구성에 따라 사랑의 곡에 대한 다양한 해석도 흥미로웠다. 바이올린이 주인공의 자리를 비올라, 첼로와 함께하면서 곡이 또 다른 얼굴을 보여 주기도 하고 피아노가 현악기 간의 이음을 채우고 이어 주면서도 특별한 모습을 발견할 수 있었다. 음악이라면 '서로 다른 우리'를 그대로 인정하는 속에서 참 조화롭고 아름답게 지내게 할 수 있음을 완전하게 이해할 수 있는 기회가 되었다.

2014년 5월, 나는 위스콘신 음악대학에서 박사학위를 받았다. 피아노 연주와 교수법 등 음악교육 관련 학위이다. 나는 박사논문과 실제 프로젝트를 통해 세계 최초로 발명한 3D Tactile Stave Notation(3D 촉각악보)을 개발했는데 이는 미국 AP통신을 통해 미국 내에 널리 소개되었다. 또 Euro News를 통해 유럽 각국에까지 알려져서 시각장애인의 피아노 교육을 위한 혁신적인 가치를 인정받았다. 이를 바탕으로 2015년 6월에는 영국에서 열린 국제컨퍼런스(Blind Creations International Conference)의 발표자로 선정되어 논문을 발표했다. 2009년 초가을, 부족한 유학 준비에도 무조건 잘될 거란 배짱 하나로 미국에 와서 거둔 귀한 결실이고 열매였다.

졸업식에 온 엄마는 평소 내게만 유독 까칠했던 모습은 한국에 두고 오셨는지 연실 싱글벙글 웃으셨고 모른 척했지만 눈물도 흘리셨던 것 같다. 엄마의 목소리는 눈물을 참을 때 평소보다 힘이 조금 더 들어가는데 그날 엄마의 목소리는 힘껏 힘주어 눌린 상태였다. 엄마는 내게 이제 큰 산을 하나 넘었다며 네 앞에 버티고 선 수많은 산을 넘어갈 힘이 생기지 않았느냐. 그 힘이 바로 큰 재산이라며 평소대로 현실직시의 냉정한 면모를 찾으셨다. 딸이 잠깐이라도, 조금이라도 박사학위 취득 이후 풀어져 있지는 않을까 염려한 까닭인데 나는 그런 엄마의 걱정을 모르지 않았다. 그러나 그것은 엄마의 지나친 걱정이었다. 나는 이미 내가 하고 싶은 일, 할 수 있는 일을 머릿속에 계획하고 있었기 때문이다. 6년 남짓한 시간, 꿈을 위해서 몸부림 친 미국에서의 시간이 많은 사람들과 함께 행복하고 싶은 나의 음악가로서의 신념과 계획에 큰 자양분이 될 거라고 믿는다.

찬미야, 너도 박사야

이제 그대와 내가 함께하는 작은 도전, '슈베르트와 나무'

...

2015년부터 다음해 겨울까지 거의 1년 동안 나무칼럼니스트 고규홍 선생님과 함께 EBS 다큐프라임 '나무' 제3부 '슈베르트와 나무'를 함께 촬영했다. 프로그램의 내용을 요약하면 시각장애인인 내가 고규홍 선생님의 도움으로 나무를 만나고 느끼고 알아 가는 과정을 담은 것이다. 저마다 다르게 나무를 인식하는 과정을 보여 준 프로그램은 나무 이야기를 통해서 나와 다른 이를 이해할 수 있는 인문학적 사고를 촉발했다는 점에서도 내게는 물론 프로그램을 보거나 책『슈베르트와 나무』를 읽은 이들 모두에게 참 좋은 경험과 배움이 되었다고 생각한다.『슈베르트와 나무』는 '2016 세종도서 교양부문 도서'에 선정되어 많은 사람들이 읽고 인문학적 사고를 함양하는 데에도 크게 역할을 했다.

프로그램에는 같은 해 11월 23일 세종문화회관 채임버홀에서 있었던 나의 귀국 독주회도 포함되었는데 첫 번째 곡과 마지막 곡에 내가 그

동안 만나고 알게 된 나무와 그들의 변화를 배경으로 담는 것이다. 그러니까 귀로 듣고 눈으로 보는 연주회가 되는 것이다.

귀국 독주회에서 가장 집중적으로 연주하는 건 두 편의 즉흥곡 모음이다. 슈베르트는 각각 네 곡으로 구성한 각 편의 첫째 곡을 가장 중요하게 생각했다. 그 곡이 시간도 길어서 각각 십 분 안팎이다. 첫째 편이나 둘째 편 모두 죽음을 표현하는 건 마찬가지인데, 첫째 편에서는 죽음을 앞둔 고통을 종교적으로든 개인적으로든 극복하려는 느낌을 담았고, 둘째 편에서는 죽음을 초월한 아름다움을 담았다. 그게 나무와 잘 연결된다고 생각한다. 죽음을 바라보는 것은 같지만, 하나는 고통스러워하는 쪽이고, 다른 하나는 아픔을 이겨 내고 아름답게 받아들이는 쪽이다. 그 두 곡을 영상으로 표현한다면 잘 어울릴 것 같다고 생각했다.

여주 집에서의 나무 느끼기

...

  나는 향기, 느낌, 소리로 나무를 본다. 그렇게 나무를 보면 부드러움, 딱딱함, 거침, 혹은 연약함을 볼 수 있다. 내가 일하고 있는 학교와 집 주변에서 나무를 만나는 일은 어머니가 애정으로 가꾸고 지켜 가는 여주 집으로 이어졌다. 그것은 여주 집 마당의 제법 큰 느티나무를 만나는 것이었다.

  고규홍 선생님은 내게 느티나무 몸통부터 가지를 만지게 하면서 느티나무를 만나게 해 주셨다. 그리고 곧장 느티나무의 손에 닿지 않는 가지 부분을 어떻게 느낄 수 있는지 물어오셨다. 나는 오랜 고민 없이 나무 그늘 바깥쪽으로 걸으며 나뭇가지가 펼친 그늘을 느끼면 되지 않겠느냐고 했다. 나무 그늘의 넓이가 곧 나뭇가지의 넓이이니까 말이다. 나는 조심스럽게 걸음을 옮기면서 햇살이 내 얼굴을 암팡지게 쏘아 대는 부분에서 걸음을 멈췄다. 한 걸음 앞으로 갔다가 얼굴의 감각을 따라서 다시 살살 뒷걸음질쳤다. 그렇게 나무의 크기를 알 수 있었다. 선생님도 크게 웃으며 감탄했다. 보는 것이 아닌 다른 감각을 통해서 나무를 만나고, 보고, '알게' 된 소중한 경험이었다.

　나무를 만나게 되면서 나는 생명의 경이로움을 체험했다. 나무가 너무너무 힘들어 죽을 위기에 처하면, 마지막 힘을 내어 꽃을 피운다는 이야기가 있다. 그게 사실인지도 모른다. 사람도 중병에 걸리면 처음엔 체념했다가도 최후의 순간에는 살고 싶어 안간힘을 쓰지 않던가. 이런 것이 생명이고 삶이 아닌가 생각했다. 지금 핀 목련은 뭐 잠시 온도가 맞아서 핀 건강한 나무들이겠지만 뭔가 불편함이나 위협을 느낀 나무들이 "그럼에도 나는 계속 잘 건강하게 살고 싶어."라고 외치는 소리는 아닐는지 추측해 볼 수 있다. 그러다 그걸 잘 견뎌 내고 내년 봄에 다시 예쁘게 꽃을 피우는 나무들은 이런 이상기후에 적응을 잘 해서 더욱 건강한 나무가 될 것이다. 그렇지 못하고 계속 헛갈려 하며 힘겹게 생명을 유지하는 나무들은 점점 약해져 갈 테고. 보통은 전자를 긍정적인 것으로, 후자를 부정적인 것으로 여길지도 모르겠다. 그러나 어떤 것이 좋다고 할 수는 없다. 어쨌든 생명은 시작이 있으면 끝이 있을 테니까 말이다. 그게 죽음이든 탄생이든, 건강함이든, 고난이든, 극복이든 모든 것이 경이롭고 아름다운 삶의 한 부분일 거라는 생각을 한다.

　고규홍 선생님은 나에게 닛사나무, 정확하게는 '실바티카니사'를 소개해 주셨다. 닛사는 천리포수목원의 팜파스그라스와 함께 유명한 나무 중의 하나라고 하셨다. 선생님은 우선 닛사나무의 생김새를 설명해 주셨다. 큰 키로 잘 자랐으며 줄기에서 사방으로 뻗어 나온 나뭇가지가 땅에 닿을 만큼 늘어졌다. 위로 올라가면서 펼친 가지의 폭이 조금씩 줄어들기 때문에 전체적으로 고깔 모습이긴 하지만 꼭대기가 뾰족하지는 않다. 닛사는 가을 단풍 들 때가 환상적이라고 하셨다. 나무의 꼭대기에서부터 아래로 서서히 물드는데 그것이 색의 경계 없이 서서히 퍼져 간다고 하셨다. 선생님은 무지갯빛 단풍이라고 할 만큼 신비롭다고 했다.

나는 닛사 앞에서 바람결을 만져 보았다. 그다음에는 바람을 따라서 수줍게 너울대는 햇살을 느꼈다. 천천히 몇 걸음을 옮겨 놓았는데도 그늘은 계속되고 있었다. 품 넓은 나무임에 틀림없는 것 같았다. 그렇다면 닛사는 아주 큰 나무임에 틀림없다. 그런데 고규홍 선생님은 내가 느낀 그늘은 닛사 주변에 빽빽하게 들어선 나무가 서로 어깨동무를 하면서 만든 그늘이라고 하셨다. 여럿이 어울려 만든 그늘이 훨씬 더 크고 시원해서 나무는 바람과 함께 배움을 주었다. '그래, 여럿이 함께 만든 그늘이 넓고 불어오는 바람도 풍성하다.' 수목원은 웅성거림이 아니라 나무들이 서로 화음을 만들어 내면서 아름다운 합창을 하고 있음을 단박에 알 수 있었다.

나는 고규홍 선생님의 안내에 따라서 닛사나무 안으로 들어갔다. 정확하게는 닛사나무가 만든 그늘 안을 찾아들었다. 아늑하고 조용한 느낌이었다. 선생님은 닛사의 줄기가 땅바닥으로 늘어져 만든 공간이라고 말씀해 주셨고 나는 곧장 상상을 시작했다. 닛사가 만든 그늘은 내 작은 방 안에서 피아노 소리가 만들어 주는 동그랗고 포송한 음악 포대기 느낌이랄까? 할머니 품이 생각났다.

고규홍 선생님과 나무 체험

나무보기

나는 나무줄기 가까이 다가섰다. 줄기 표면을 가만가만 만져 보았다. 부드러웠다. 줄기의 시작, 곧 나무의 몸통에서부터 시작해 줄기의 발끝까지 찬찬히 느긋하게 만져 보았다. 조용하게 몸을 내어 주는 그것이 나를 보고 빙긋 웃어 주는 것 같았다. 나는 두 팔을 벌려 나무를 끌어안았다. 내 품에 쏙 들어왔다. 활짝 편 내 손가락이 맞닿았다. 이번에는 엄마 허리를 안은 것처럼 따뜻했다. 엄마 냄새가 나는 것도 같았다. '이 나무는 친절하다.'

나는 천리포수목원 정자에 올라 사진도 몇 장 찍었다. 바닷바람의 파도 소리를 듣고 있자니 탁 트인 바다의 모습을 담고 싶었다. 그때쯤 바다의 얼굴과 곁에 멋지게 선 나무를 상상했다. 그리고 바람 소리가 닿는 느낌이 다른 머리 위의 나무그늘도 찍었다. 분명히 그늘을 드리운 게 있을 거라고 생각했다. 여기가 수목원이니까 분명 나무가 있을 것이다. 소리가 닿는 느낌대로 나는 카메라 셔터를 누른다. 페이스북을 통해서 친구들은 풍경을 볼 것이다. 그들이 본 나무와 바다, 수목원의 모습은 어떨지, 그 모두가 어우러진 풍경은 어떠할지 곧 답을 듣게 되겠지.

나무의 뿌리를 보았다. 나의 뿌리를 생각했다

...

　나는 천리포수목원에서 '완동호랑가시 나무'의 분갈이를 해 보았다. 정원사가 친절하게 설명해 주어서 잘 이해할 수 있었고 용기백배하여 도전해 볼 수 있었다. 우선 옆에 쌓아 놓은 새 흙을 손으로 만졌다. 손가락으로 솔솔 만져 보다가 이내 흙 속으로 쑥 손가락을 밀어넣었다. 부드러웠다. 상상했던 것보다 더 고왔다. 나는 정원사에게 배운 대로 줄기 밑동을 꽉 잡고 화분을 거꾸로 들어 나무를 뽑아냈다. 어렵지 않았다. 그다음 세상 밖으로 나온 뿌리를 만져 보기 시작했다. 굵은 뿌리와 잔뿌리가 느껴졌다. '이 가느다란 뿌리들도 시간이 지나면 단단해지겠지.' 그런데 고규홍 선생님의 말씀은 그렇지 않단다. 잔뿌리는 시간이 지나도 잔뿌리라는 것이다. 그렇다, 잔뿌리는 그대로 굵은 뿌리를 지켜 주고 지지하는 자신의 몫을 알고 최선을 다 하고 있는 것이리라. 아, 사람도 나무처럼 저마다 각자의 몫이 있겠구나. 평생 잔뿌리라 해도 그것은 실패한 것이 아니라 잔뿌리로서의 역할과 몫을 다 하면 그뿐인 것이었다. 나는 아직도 굵은 뿌리가 되고 싶은 걸까? 퍼뜩 아직도 내 안에서는 굵직한 무엇이 되고 싶은 것은 아닌지 의심했다.

어떤 잎은 아직 아무런 변화를 느낄 수 없지만 어떤 잎은 가장자리가 말라 가는 게 분명하게 느껴졌다. 단풍의 변화는 결국 시각으로만 감지할 수 있는 게 아니었다. 세상 모든 생명체가 어찌 홀로 변할 수 있겠는가. 빛깔을 바꾸려면 그의 몸체 안에도 필경 눈에 보이지 않는 화학적, 물리적 변화가 있게 마련이다.

고규홍 선생님은 "시각을 내려놓으니 촉각이 일어나고 청각이 살아났으며, 후각이 요동쳤다."고 하셨다. 선생님이 눈이 아닌 다른 감각으로 인식하는 것을 알아내신 것 같다. 그렇다. 바람 소리가 다르게 들리는 것뿐만 아니라 방향을 달리하면 온도의 차이를 느낄 수 있다. 바람도 다르다. 막힘없이 그대로 흘러가는 쪽과 나뭇가지에 부딪치며 흔들리는 움직임도 다르게 느껴진다. 어느 한 가지의 감각만을 확신하게 될 때 나머지 감각이 느끼고 인지하는 것들은 무시될 수밖에 없지만, 다른 감각이 사물과 생명을 인지하는 방법과 과정, 그 결과에 관심을 가지게 되면 훨씬 더 풍요로운 감성과 깊이 있는 사고를 할 수 있는 것이다.

EBS 프라임을 촬영하면서 배우게 된 것도 많지만 나를 성찰할 수 있는 기회도 많았다. 나는 어떻게 살 것인가에 대한 고민과 함께 앞으로의 삶의 계획도 구체적으로 조정할 수 있게 되었다. 나무 또한 자기 나름대로의 생존 이유가 있을 것이다. 사람들은 그것을 과학적으로 밝혀진 사실들에 따라서 해석할 것이다. 하지만 나무의 삶은 나무만이 아는 것이다. 우리는 관찰자에 불과한 것이다. 느티나무만 하더라도 어떤 사람은 줄기 껍질이 너덜너덜하고 축축해서 너저분하게 느끼고, 또 어떤 사람은 웅장하고 멋있고 아름답다고 느낀다.

음악도 그렇다. 작곡가는 분명히 많은 이야기를 하고 싶었을 것이다. 그런데 클래식 음악에 말은 없다. 글도 없다. 때문에 음악은 모든 가능한 해석과 상상을 생산한다. 나는 브람스를 통해서 존재의 무거움, 어둠을 느낀다. 브람스 곡에서는 쓸쓸하고 우울하고 엄숙하고 심각하고 어두우니까 가을 분위기를 느낄 수 있겠지만, 그건 철저히 듣는 사람의 주관적 판단일 뿐이다.

나는 음악을 전문적으로 분석해서 작곡가의 의도를 파악하려 애쓰지만, 그 분석 결과가 정확하다고 확신할 수는 없다. 작곡 의도는 작곡가만이 알 수 있는 것이기 때문이다. 우리가 분석한 건 주관적 관점일 뿐이고 느낌이다. 음악은 나무처럼 그것을 알려는 모든 사람들에게 항상 열려 있을 뿐이니까. 삶 또한 다르지 않을 것이다.

나는 내 몸에서 흘러나오는 음악을 하고 싶다. 단순히 테크닉을 이야기하는 것이 아니고 내 삶을 이야기할 수 있는 곡을 연주하고 싶다. 귀국 독주회 레퍼토리에는 삶의 희로애락이 다 들어 있었다. 슈베르트가 느꼈던 고독과 실의 등 다양한 감정이 배어나온다. 내 삶도 그렇다고 생각한다. 사람들은 장애를 극복한 쪽으로 내 삶을 바라본다. 그러나 나는 그런 인간 승리의 모델이 아니다. 살면서 만나는 크고 작은 장애에 나름대로 대처하는 것은 나뿐이겠는가? 모든 사람이 다 적당히 극복해야 할 과제가 있을 것이다. 그것이 서로 조금씩 다를 뿐이다.

나는 장애가 큰 고통도 아니었고 말하기 어려운, 장애로 인해 겪은, 눈물이 아니면 들을 수 없는 뭐 그런 역동적인 사연과 이야기를 가지고 있는 것도 아니다. 그저 앞이 보이지 않아서 비교적 일찍 점자를 배워 보이지 않을 때를 대비한 것이고, 매일 음악을 듣고 또 악기도 쉽게 배우고 좋아하다 보니 자연스럽게 피아노를 하게 된 것이다. 그 덕분에 아주 많은 사람들을 만나고 더러는 참 좋은 사람들도 많아서 지금까지의 삶이 즐겁고 행복했다. 하고 싶은 것을 마음껏 할 수 있었고 그 일에 내 모든 생각과 감성을 쏟아부으며 예술가로서의 자유를 마음껏 누렸다. 훌륭한 교수님들과 연주자들과 함께 마음껏 연주하며 행복했다. 물론 이렇게 살 수 있었던 것은 고등학교 때까지 공주처럼 키워 주신 할머니 덕분이고 세상이 그렇게 아름답지만은 않기에 너도 그것을 알아야 한다며 호된 꾸지람과 찬바람 쌩한 현실을 들려주고 알게 해 준 강한 엄마 덕분이었다.

내 앞의 길, 음악으로 어우러져 함께 행복하고 싶다

...

　나는 피아노를 통해서 삶의 다양성을 말하고 싶다. 지금 우리의 삶이 늘 정답은 아니기 때문에 다른 삶과 다른 사람들도 인정하고 어우러지는 삶의 즐거움을 많은 사람들에게 알려 주고 싶다. 삶은 다양하다. 똑같은 음표로 자기만을 쌓아 놓는 사람들에게 피아노는 전쟁이다. 그러나 다른 사람들과 소통하며 그들의 이야기를 듣고 관심을 갖는다면 화합과 평안이 도래한다. 음악은, 피아노는 그것을 깨닫게 한다.

　나는 덕영트리오 단원으로 15년 넘는 시간 동안 정기연주 활동을 하고 있다. 덕영트리오의 정기공연 수익금 전부는 소외된 청소년, 국가유공자손 및 새터민, 미혼모 보호기관 및 다문화가정 자녀의 교육을 위한 사업에 기부하고 있다. 또 미국 국제기아대책기구 기금 마련을 위한 미주 순회공연 및 "Beautiful Mind"와 함께한 자선공연 등에도 활동하고 있다. 또 세계 최초 시각장애인 오케스트라인 하트채임버오케스트라 단원으로 국내외에서 정기연주회를 하고 있다. 매번 연주회를 준비할 때마다, 또 연주회에서도 느끼고 감동하는 것은 모두 다른 우리가 아름다운 화음을 만들어 내는 것이고 그렇게 음악을 하면서 서로에게 엄청난 에너지를 나누어 주고 있다는 것이다.

나는 2013년에 창단된 유니온 앙상블(Younion Ensemble)의 음악감독을 맡고 있다. 우리 동작 장애인자립생활센터장님이 단장인 유니온 앙상블은 음악가가 되고 싶은 사람들에게 연주 기회를 만들어 주는 동시에 다양한 사람들이 만들어 내는 아름다운 선율을 많은 사람들에게 알리고 또, 함께 즐기고 있다. 창단 공연은 〈Jazz&Classic〉(중앙대학교 아트센터) 이었다. 이후 클래식 실내악 연주회에서부터 재즈와 클래식의 만남이라는 새로운 연주 형태뿐 아니라, "Freedom Land"라는 시각장애인 주축의 현직 전문 음악인으로 구성한 밴드를 조직하여 20회 이상 단독 및 초청공연을 기획, 참여하였다.

유니온 앙상블 단원은 누구든 함께 연주하고 싶다면 참여할 수 있다. 다문화가족과 장애, 비장애인 단원들은 서로 어울려 아름다운 선율을 만들어 낸다. 서로 다른 이들, 어쩌면 낯선 이들이 만나서 아름다운 화음을 만들어 내는 기적과도 같은 일은 얼마든지 있다. 2017년 여름에 있었던 라온제나 발달장애인 오케스트라와의 협연도 놀라운 감동을 주었다. 나는 앞으로도 이러한 음악 작업을 계속 이어 가려고 한다. 초등학생들을 만나서 음악을 알려 주는 일, 여러 음악단체와의 협연과 특히 장애인 음악단체와의 소통과 교류는 그 무궁무진한 음악적 에너지를 알리고 싶어서 멈출 수 없는 일이 되었다. 나는 유니온 앙상블의 음악감독으로서 앞으로도 '원하는 사람들이라면 누구나' 와 함께 연주해서 음악을 즐기고 향유하는 단체로 함께 성장하고 싶다.

　대학 입학부터 현재까지 정확하게 셀 수는 없지만 약 200여 회 이상 초청 독주회 및 협연, 실내악 연주를 한 것 같다. 올해도 이미 연주 계획이 꽉 차 있다. 체코, 일본, 러시아, 뉴질랜드, 캐나다, 미국 등의 주요 교향악단과 KBS 교향악단 등 국내 유수의 오케스트라와 협연하였고 국내외 유명 하우스콘서트에 참여하거나 주최하여 진행하였다. 한 해 20여 차례 연주 여행은 체력적으로도 많이 부담되었다. 더불어 연습도 철저하게 해야겠기에 아령을 드는 등의 간단한 근육운동도 빼놓지 않고 하고 있다.

　엄마는 연주뿐만 아니라 유니온 앙상블을 꾸려 가는 일 등 너무 많은 일을 하는 딸을 걱정하시면서도 언제나처럼 믿고 맡기신다. 그리고 '너의 많은 일 중에서도 우선 순위를 잊지 말라는 당부와 지금의 일과 앞으로 계획한 많은 일들을 무사히 하기 위해서 반드시 건강관리에 철저하라'는 당부를 잊지 않으신다. 점차 엄마의 도움 없이 나 혼자 책임지고 진행해야 할 일이 많아지고 있기에 나 또한 엄마의 말씀에 동의한다. 지난해 러시아 순회공연은 한 달이나 진행됐는데, 혼자서 모든 것을 확인하고 준비하면서 전체 일정을 무사히 마쳤다. 총괄 매니저인 엄마의 도움 없이 한 첫 연주 여행이어서 긴장도 많이 했지만 그런대로 성공적이었다.

　이제 나는 힘차게 내 길을 걸어갈 자신이 생겼다. 그 길에서의 즐거움과 행복을 함께할 멋진 친구들도 많이 만나고 사귈 것이다. 그리고 그들에게 작고 적지만 내가 가진 재능이 도움이 된다면 힘껏 나눠 주고 함께 신나고 싶다. 모두 다른 우리가 서로 조화를 이뤄 아름다운 삶을 살 수 있는 것은 예술이 할 수 있는 일이고 곧 예술의 능력이라 믿기 때문이다. 예술은 이상을 꿈꾼다. 나는 예술로 모두가 행복하다면 피아니스트로서 최고의 기쁨과 행복을 가진 것이라고 믿는다.

나는 비 내리는 오늘도 서로 다른 사람들이 모여모여 만들어 낸 멋진 화음이 아름다운 매일을 기대하고 기도한다. 그리고 마치 구슬이 부딪는 것처럼 탱글탱글한 빗소리를 생각하면서 피아노를 열고 아름다운 소리를 짓고 있다. 이내 피아노 선율은 참 풍요롭게도 울려 퍼진다.

| 주요 경력 |

숙명여자대학교 출강, YOUnion Ensemble 예술감독, 덕영트리오 & 하트시각장애인 체임버
오케스트라 단원 외.

| 학력 |

숙명여자대학교 피아노 전공 학사, 숙명여자대학교 음악교육 석사, 미국 Peabody Institute
of the Johns Hopkins University 피아노 Piano Performance 석사 학위(Master of Music), 미
국 University of Wisconsin–Madison 피아노 Performance and Pedagogy 박사 학위(Doctor
of Musical Arts) 취득.

| 연주활동 |

2017년 08월 Unified in Music 콘서트(세라믹 팔레스홀)
2017년 08월 이음 콘서트 서울오케스트라와 협연(예술의 전당 콘서트홀)
2017년 06월 To Know To Love 덕영트리오 정기연주회(예술의 전당 IBK 체임버홀)
2017년 04월 국제 Cello Plus Chamber Music Festival 초청연주(미국 michigan East
       Lansing Fairchild Theatre, MSU Auditorium)
2017년 01월 갤러리아 초청 센터 씨티 아트홀 초청 김예지 & 양명진 피아노 듀오 콘서트
       (천안아산 갤러리아 센터 씨티 아트홀)
2016년 12월 하트 시각장애인 쳄버 오케스트라 제13회 정기연주회(예술의 전당 IBK 쳄버홀)
2016년 12월 라온제나 발달장애 오케스트라와 협연(인천 계양 문화회관 대공연장)
2016년 12월 Unified in Music 피아노 듀오 연주회(금호아트홀 연세)
2016년 11월 서울시 나눔 Talk&Concert 초청 독주
2016년 11월 덕영트리오 정기연주회 To Know, To Love(예술의 전당 IBK 쳄버홀)
2016년 09월 라온제나 발달장애 오케스트라와 협연(부평아트센터 해누리 극장)
2016년 07월 "박창수의 하우스콘서트 One Month Festival" 독주회:청강문화산업대학교
2016년 05월 러시아모스크바 국제 음악제(International Inclusive Music Festival
       초청 하트 시각장애인 체임버 오케스트라 콘서트(러시아 모스크바 필하모니아홀)
2016년 04월 숙명여자대학교 100주년 기념 콘서트(예술의 전당 콘서트홀)
2016년 04월 하트 시각장애인 체임버 오케스트라 연주회(예술의 전당 IBK 쳄버홀)
2015년 11월 세종문화회관 체임버홀 김예지 귀국 독주회
2015년 09월 미국 Oakland 의 Younhee Paik's Studio for Music & Art 초청연주
2015년 07월 2015 One Month Festival in Russia 7회 연주(러시아 모스크바)
2015년 05월 KT Chamber Hall YOUnion Ensemble 정기연주회 "Unified in Music"

2015년 05월 합천문화예술회관 "5월 문화가 있는 날 작은 음악회"
2015년 04월 경기도 문화의 전당 대극장 "문화가 있는 날" 작은 음악회
2015년 01월 김예지의 하우스 콘서트 독주(하남문화예술회관 소극장 아랑홀)
2015년 01월 D-큐브 아트센터 신년 음악회 로비 콘서트
2014년 12월 하우스콘서트 갈라 콘서트 참여(대학로 예술가의집 다목적홀)
2014년 11월 문화가 있는 날 "하우스 콘서트" 연주(충북 진천 화랑관)
2014년 11월 '하우스 토크' 토크 및 연주(대학로 예술가의집)
2014년 06월 덕영트리오 정기연주 "To Know To Love"(예술의 전당 IBK홀)
2013년 08월 전북 부안 문예회관 House Concert 독주
2013년 07월 YOUnion Ensemble 창단 연주 "Jazz&Classic"(중앙대학교 아트센터)
2013년 06월 덕영트리오 정기연주 "To Know To Love" 10주년 연주(예술의 전당 IBK홀)
2012년 10월 Mills Hall 독주(University of Wisconsin-Madison)
2012년 07월 "The House Concert" 논산 문예회관, 김제 문예회관, 포항공대, 거제문예회관
          (총 4회 독주)
2012년 06월 덕영트리오 정기연주 "To Know To Love" 연주(영산아트홀)
2012년 01월 제302회 하우스 콘서트 독주(도곡동 율하우스)
2011년 06월 덕영트리오 정기연주 "To Know To Love" 연주(영산아트홀)
2010년 06월 덕영트리오 정기연주 "To Know To Love" 연주(영산아트홀)
          일본 Research & Fun Concert in Hachinohe Aomori 초청연주 및 Presentation
2009년 01월~2010년 06월 Samsung Electronic Global TV Image Comercial:CNN, BBC,
          Bloomberg
2008~2009년 Beautiful Mind Concert 미국 순회 연주(시카고, 워싱턴, 샌프란시스코) 4회 독주
2007년 07 KBS 교향악단과 협연(예술의 전당 콘서트홀)
2006년 12월 Beautiful Mind Concert in Seoul에서 연주
2006년 08월~2006년 12월 한국 교육 인적 자원부 주최 Concert "More Than I can be"에서
          전국 순회 콘서트 15회
2006년 10월 Richard Yong Jae O'neil 와 덕영트리오 단원으로 quartet(4중주) 연주(영산아트홀)
2006년 10월 Beautiful Mind Concert(Hong Kong City Concert Hall)
2006년 09월~2006년 10월 소망 트리오 단원으로 독주 및 실내악 연주 2회(부암아트홀)
2006년 09월~10월 삼성화재 TV Image Comercial
2006년 04월 덕영트리오 정기 연주(금호아트홀)
2006년 02월 Beautiful Concert에서 독주 5회(미국 Stanford University and Los Angeles)
2005년 10월 KBS 교향악단과 협연(예술의 전당 콘서트홀)
2005년 09월 대한민국 정부 초청 국회 2차 개원 축하 연주

2005년 04월 마이니찌 신문사 초청 일본 New Japan Phil Harmonic Orchestra와 협연
        (일본 도쿄 City Hall Concert Hall)
2004년 10월 KBS 문화지대 연주
2004년 07월 덕영트리오 정기연주회 Vladibostok Philharmonic Orchestra와 덕영트리오
        단원으로 협연(광주 문화예술회관 대공연장)
2003년 10월 강남 심포니 오케스트라와 협연(영산아트홀)
2003년 10월 덕영트리오 단원으로 Baroque 합주단과 협연(예술의 전당 콘서트홀)
2003년 09월 체코 Janacek Phil Harmonic Orchestra와 협연
2003년 08월 일본 Kirishma Music Festival에서 연주
2002년 09월 한국 방송공사와 숙명여자 대학교 주최 자선 콘서트 연주
2002년 05월 경기문예회관 주최 독주회
2001년 경향 신문사 주최 아미치 예술단과 함께하는 전국 순회 연주에서 독주 총 4회
2000년 04월 청주 CBS 방송국 주최 청주문화예술회관 연주회 출연 및 독주
2000년 02월 KBS 열린음악회 출연 연주

| 연구 |
2014년 08월 Euro News에 박사논문 연구 성과 소개
2014년 06월 미국 AP 통신에 박사논문 연구 성과 소개
2014년 05월 미국 Wisconsin State Journal에 박사논문 연구 성과 소개
2015년 Blind Creations International Conference의 발표자로 선정되어 초청연주 및 연구
        발표(Royal Holloway, University of London)

| 수상 |
2013년 Gertrude Cunningham Campbell & John Ray Campbell, Jr. Scholarship
2011~2012년 Daniel Gregg Myers Memorial Award
2009년 제2회 International Piano Festival in Vancouver, BC에서 Artist Award
2004년 02월 21세기를 이끌어 갈 우수인재상
2002년 12월 피아노학회 콩쿨 대학부 3위 입상 및 수상자 연주
2001년 08월 매헌 콩쿨 전체 부문 대상 및 교육인적자원부 장관상
2001년 06월 한국음악학회 주최 학생 장학 콩쿨 대학부 3위
1995년 10월 한국방송공사 주최 Young Challenge
1994년 10월 한국특수교육학회 주최 음악 콩쿨 기악 부문 1위
1992년 06월 육영 음악 콩쿨 전체 대상
1989년 06월 육영 음악 콩쿨 성악 부문 1위